1. 羅蘭 巴特攝於 1962 年八月。

2. 3. 4.　1970 年羅蘭 巴特與 Jean-Louis Ferrier ,Michele Cotta,
Frederic de Towarnicki 的談話照。

5. 1971 年簽名會。

6.7.　1971 年訪談照。

8.　1977 羅蘭 巴特與 Jacques Henric 合影。

批評與眞實

Critique et Vérité

ESSAI

羅蘭‧巴特著
Roland Barthes

溫晉儀—譯

徐志民‧陳佳鴻—校訂

代　序

　　這篇序我得寫，雖然我不比讀者們對羅蘭・巴特有更深的了解。本文譯者溫晉儀兩年前走了，只剩下我處理她的遺作。

　　這個序也是個追憶，多想寫些我愛人當年去聽巴特的課時的情景，可是我錯過跟她一起去的機會。其實當時巴特就在我附屬那個社會科學院授課，正是近水樓台，只因學科有異、興趣不同，沒有陪同她去。

　　晉儀喜愛中外文學，爲了加強欣賞能力，頗爲留意當代的文學理論。她還覺得譯寫其中一些重要文章是對其內容是否有確切領悟的一個測驗。巴特的《批評與真實》就是這樣譯成的。她譯作不多，但很認真，她留下的檔案裏就有三份不同日期的重抄修訂稿。翻譯過程

中，她曾得到摯友 Colette Vialle 女士的協助和上海復旦大學徐志民教授代爲校訂。我謹代表晉儀向他們兩位致深深的謝意。

　　大約是在譯好法國當代哲學家里奧亞特（Jean-François Lyotard）的《何謂「後現代主義」》（刊於香港八方文藝叢刊 1987 年第五期），她就著手翻譯巴特這篇文章。我還記得有一個晚上她給我看她剛譯好的一些精彩片段，像下面這兩節：

　　「〔眾多的歷史學者和哲學家〕也都曾要求不斷重寫史學史和哲學史的權利以便使歷史事實終能成爲一個完整的事實。爲何我們就不能賦予文學以同樣的權利呢？」

　　「……人們要我們等待作家過世後才去「客觀地」處理他的作品，真是奇怪的顛倒，只有等到作品被神化的時候，我們才應該把它作爲確切的事實看待！」

　　又因爲我對語言較感興趣，她告訴我文中一個很有深意的引述：

　　「巴布亞人的語言很貧乏，每一個部族有自己的語言，但語彙不斷地在消滅，因爲凡有人死去，他們便減去幾個詞作爲守喪的標記。在這一點上，我們可勝過巴

布亞人，因爲我們尊敬地保存已故作家的語言，同時也拒絕思想界的新詞新義，在此守喪的特徵不是讓一些已有的詞死去，而是不讓另一些詞誕生。」

《批評與真實》是法國當代文學批評史上新舊兩派一次論戰的產品，是巴特對攻擊他的一篇文章《新批評還是新騙術》的反擊。看來晉儀選譯巴特這篇力作，除了它有文獻性的價值外，另一原因是她很欣賞作者在他寫作中所透露的精神境界：「絕沒有權勢，只有些許知識，些許智慧和儘可能多一點的趣味。」《法蘭西學院就職演講辭》

晉儀是個純粹的讀書人，不受學術上的職責牽累，把譯作看成一種練習，從不急於刊印自己的勞動成果。已發行的兩三種，也僅由於我和友人的催促、堅持才得見於坊間。所以在她短暫的雙五年華裏，在文學園地的幽徑上，只留下輕盈的足跡。她八五年獲取巴黎大學博士銜的論文《兩個革命間中國文學裏的婦女形象》大約會在年內整理好出版，而那還沒譯完的米蘭・昆德拉的《小說的藝術》怕將長埋在她的一盒一盒的筆記裏了。

游順釗

一九九七年七月寫於　　巴黎驚弓坡

目　錄

第一部

I

　　所謂「新批評」（nouvelle critique）(1)並非始於　9
今日。自二次大戰結束以後（發生在此時是正常的），我們
的古典文學接觸了新哲學，獲得一定程度的重新評價。論點
迴然不同的批評家，以不同的專題論著，將蒙田
（Montaigne）到普魯斯特（Proust）的全部作家，都加以
研究過。對此無須大驚小怪，一個國家也經常如此把歷史典
籍重新闡述，以便**能找出適當的處理方法**，這只是一種例
行的評價過程罷了。

　　可是，突然有人指控這個所謂**冒充的運動**①，抨擊

譯註(1)　「新批評」，有人譯成「『新』新批評」。這種文學研究特別
重視「閱讀法」的研究，給予讀者一個參與創作的自由。認
為作者與讀者應共同參加創作的活動，與傳統文學批評偏重
作者而忽視讀者的觀點有異。

它的作品（至少是部分的）爲非法，慣性地憎惡及反對
10 一切先鋒派作品，認爲這些著作在學識上空洞無物，在
文字上故弄玄虛，在道德上危殆人心，其所以能流行，全賴
趨時媚世。令人驚奇的是這些指控竟是如此姍姍來遲。爲何
到今天才出現？是來自一個沒有多大意義的反響，還是某種
蒙昧主義的反擊？更或者，相反地，是向一種正醞釀顯示話
語的新形式做初步的抗拒？

　　令人驚訝的是：新近對**新批評**的圍剿，是那樣快速且
帶有集團性②。其中有某些原始而赤裸裸的東西在蠕動

① 　比卡(Raymond Picard)：《新批評或新騙子》(*Nouvelle critique
　　ou nouvelle imposture*)，巴黎， J. J. Pauvert，《自由》叢書，
　　1965 年，共 49 頁。比卡的抨擊主要是針對巴特(M. Barthes)的
　　《論拉辛》(*Sur Racine*) (Seuil, 1963)。

② 　某專欄作家為比卡的毀謗短文作無審察、無輕重、無保留的支持。
　　既然新批評已有一個光榮榜，我們也可以在這裡為舊批評立一個：
　　《藝術雜誌》(*les Beaux Arts*) (布魯塞爾， 1965 年 12 月 23 日)，《十
　　字街頭》(*Carrefour*) (1965 年 12 月 29 日)，《十字架》(*la Croix*) (1965
　　年 12 月 10 日)，《費加羅》(*le Figaro*) (1965 年 11 月 3 日)，《二十世
　　紀》(*le XXe siècle*) (1965 年 11 月)，《自由的南方》(*Midi libre*) (1965
　　年 11 月 18 日)，《世界報》(*le Monde*) (1965 年 10 月 23 日)，還有一
　　些讀者來信， 1965 年 11 月 13、 20、 27 日)，《法國民族》(*la Na-
　　tion française*) (1965 年 10 月 28 日)，《巴黎透視》(*Pariscope*) (1965 年
　　10 月 27 日)，《國會雜誌》(*la Revue Parlementaire*) (1965 年 11 月 15
　　日)，《歐洲行動》(*Europe—Action*) (1966 年 1 月)，別忘了法蘭西學
　　院(Marcel Achard 給 Thierry Maulnier 的答辯，《世界報》， 1966 年
　　1 月 21 日)。

著，使人以爲正在目擊一個上古社團圍攻某危險事物時的驅逐儀式，因而產生了「處決」（exécution）這個怪字眼③。人們夢想**傷害**、**打垮**、**鞭打**或**謀殺**新批評，將它拖到**輕罪法庭上示眾**，或者是**推上斷頭臺上行刑**④。這無疑觸及一些生死攸關的關鍵問題，因爲執法者的天下不但被稱頌，而且被**感謝**、被讚揚，被當成一個掃蕩污穢的正義使者：昔日人們答應給他不朽，今天人們去擁抱他⑤。總之，新批評的「處決」猶如公共衛生打掃工作，必須敢做，完工後反倒使人鬆了一口氣。

　　這些來自一小集團的攻擊，具有某種意識形態的烙印，它們投身在這個曖昧的文化領域，那兒有種經久不 12

③　「這是一個處決」（《十字架》）。

④　這就是幾個形象的有禮貌的責難：「荒謬的武器」（《世界報》），「以鞭打去調整」（《法國民族》），「有理的攻擊」、「戳穿難看的羊皮袋」（《二十世紀》），「尖銳的謀殺」（《世界報》），「精神的詐騙」（比卡，同前引書），「新批評的珍珠港」（《巴黎雜誌》（ *Revue de Paris* ）1966 年 1 月），「巴特示眾」（《東方》（ *l'Orient* ），Beyrouth，1966 年 1 月 16 日），「捧死新批評，把一些騙子乾淨俐落地斬首，包括巴特，把頭頭拴住，一把拉下」（《巴黎透視》）。

⑤　「我相信巴特先生的作品將比卡先生的作品衰退得更早」（ E. Guitton，《世界報》，1964 年 3 月 28 日）。「我真想擁抱比卡先生，為了您的抨擊文章（原文如此）」（Jean Cau，《巴黎透視》）。

衰的政治（與當前的政見無關）滲透在判斷與語言中
⑥。假如是在第二帝國⑵的統治下，新批評應該被審判
了。它違背了「**科學思想或簡單清晰的陳述的基本法
則**」，這豈不是傷害了理性？它到處引介一種「**胡攪蠻
纏、肆無忌憚、玩世不恭的性意識**」，這豈不是冒犯了
道德？在外國人的眼中，它豈不是「**有損法國研究機構
的聲譽**」⑦？總而言之，它豈不就是件「**危險**」的東西
⑧？運用到精神、語言、藝術方面，**危險**這詞立即標明
一切落後的思想。其實這種思想時時處於恐懼中（由此
產生一切毀滅性形象的總和）；它懼怕一切新的東西，
常常貶之爲「空洞無物」（這是它通常對新事物的唯一
說法），可是這傳統的恐懼，今天卻加上了一種相反的
恐懼，因此問題更複雜了：看來這是一種時代的倒錯，

⑥ 「這兒比卡回答了進步分子巴特……，比卡釘住了那些喃喃囈
　　語、以辨讀癖好代替古典分析的人。他們以爲全人類都如他們那
　　樣根據 Kabbale、Pentateuque 和 Nostradamus 的方法去推理。
　　Jean-François Revel 編輯的優秀的《自由》叢書（狄德羅、塞爾
　　斯、魯日埃、羅素），會使更多人生氣，但肯定不是我們。」
　　（《歐洲行動》，1966 年 1 月）
⑦ 比卡，同上引書，第 58、30、84 頁。
⑧ 同前引書第 85、148 頁。
譯註⑵ 第二帝國是指拿破崙三世（1850～1870）時代。

他們又在這種懷疑上增加了些許尊重意味的「**現代的要**　13
求」或「**重新思索批判問題**」的必要性，廻避美好而動
聽的「**回到過去是枉然的**」⑨。這種退化就像今天的資
本主義⑩是被視爲羞恥的，因此產生這些奇異的矛盾現
象。人們有時佯裝接受新作品；既然大家都在談論新作
品，他們當然也應當談論；達到一定程度後，他們又突
然感到要羣起判決。這些被一些封閉社團間歇性地發起
的審判是沒有什麼稀奇的。在失去某些平衡時，批評便
會出現，但爲什麼獨獨發生在今天呢？

　　在這個過程中，值得注意的並不全是新舊對立，而
是被指爲犯上違禁；一種赤裸裸的反動，某種圍繞書本
的言語，其所不容的是語言可以談論語言。這種一分爲
二的言語成了某些機構特別警惕的對象，他們常用一種
狹隘的法規加以約束。在文學的王國中，批評家正「保
持」警察般的作用，因爲一旦放縱，就有蔓延的「危
險」：那將使權力的權力，語言的語言成了問題。在作

⑨　E. Guitton，《世界報》，1965 年 11 月 13 日。──比卡，同上引
　　書，第 149 頁。── J. Piatier，《世界報》1965 年 10 月 23 日。
⑩　J. L. Tixier–Vignancour 的五百名擁護者在一個宣言中表達了他
　　們的意願：「在一個戰鬥組織與一個民族意識的基礎上繼續他們
　　的行動……能夠與馬克思主義與資本主義的技術統治有效地抗
　　衡」。（《世界報》1966 年 1 月 30 ～ 31 日）。

14　品的第一次寫作風格加上第二次寫作風格，其實就
是打開一條無窮盡的路，玩弄鏡子互映的把戲，而這個通道
是不可靠的。傳統批評的功能是「批判」，它只能循規蹈矩
的，也就是説只能依循評判官的趣味，可是真正機構的、語
言的「批評」，並不應去「判定」，而是去**辨異**、**區分**或
一分為二。批評並不須去判定，只須以談論語言替代運
用語言，就足以顯示其破壞性了。今天人們責難**新批
評**，並不是因爲它的「新」，而是由於它充分發揮了
「批評」的作用，重新給作者與評論者分配位置，由此
侵犯了語言的次序⑪。人們自信察覺了反對它的理由，
因而自以爲有權把它「處決」。

批評的擬眞

亞里斯多德在某種**擬眞**（vraisemblable）的存在
上，奠定了模仿言語的技巧。這種**擬眞**是傳統、聖賢、
15　大眾和興論等積澱於人類精神之中所建立的。**擬眞**在作

⑪　參見下文 45 頁。

品或言語中，與這些權威沒有任何衝突。它並不是注定
等於已然（源於歷史）或必然（源於科學），而只相等
於大眾的認可。它與歷史的真實或科學的可能，也許完
全兩樣。由此亞里斯多德建立了某種大眾美學。如果我
們把這個方法運用來分析今天的大眾作品，或許我們還
可以重建我們時代的**擬真**，因為這類作品永遠不會與大
眾的認同脫節，雖然它們大可與歷史或科學不符。

　　只要我們的社會像消費電影、小說及流行歌曲那樣
開始稍微消費一下評論的話，那麼舊批評與大眾可能想
像的批評便有關聯。在文化共同體的層次上，舊批評支
配著大眾，統治著一些大報章的文學專欄，最後湮沒在
一種學術邏輯之中，在這種邏輯中是不允許反對傳統、
聖賢或輿論的。總而言之，批評的**擬真**是存在的。

　　這種**擬真**，不以宣佈原則來表現自己，既然是**自然
如此**（ce qui va de soi），便自信超乎一切方法；相反
的，方法是一種懷疑的行動，人們通常藉此自問事物的
本質與偶然。尤其是當他們在**新批評**的「荒謬」面前，
感到驚訝與憤怒時，人們緊緊抓著**擬真**：一切對他們都
顯得「**怪誕**」（absurde）、「**荒唐**」（saugrenu）、
「**反常**」（aberrant）、「**病態**」（pathologique）、

16　「**瘋狂**」（forcené）和「**唬人**」（effarant）⑫。批評
的**擬真**喜愛很多的「事實」，可是這些「事實」特別具
有規範性，與一般慣例相反，難以置信是來自禁止，亦
即危險：分歧變成分裂，分裂變成錯誤，錯誤變成罪惡
⑬，罪惡成爲疾病，疾病變成怪物。這規範性的系統既
然如此狹隘，就算添加一點點，也會超出它的範圍。於
是一些條例出現了，這些條例可以在擬真點上感覺到，
17　人們不得不涉及一種批評所謂的**反自然性**（anti-
nature），而陷於一個所謂「**畸胎學**」（tératologie）

---

⑫　這就是比卡對待新批評的慣用語：「欺騙」、「巧合和荒唐」
　　（第 11 頁），「迂腐」（第 39 頁），「反常的推論」（第 40
　　頁），「無節度的方法，不準確的、可抗議的和古怪的建議」
　　（第 47 頁），「這種語言的病態特性」（第 50 頁），「荒謬
　　性」（第 52 頁），「精神欺詐」（第 54 頁），「充滿反叛精神
　　的書」（第 57 頁），「過分滿足的無定見」、「謬誤推理大全」
　　（第 59 頁），「狂熱的肯定」（第 71 頁），「使人驚愕的文
　　字」（第 73 頁），「怪誕的學說」（第 73 頁），「嘲弄和空虛
　　的可理解性」（第 75 頁），「隨意的、無常的、荒謬的結果」
　　（第 92 頁），「荒誕古怪」（第 146 頁），「蠢話」（第 147
　　頁）。我再加上「用力的不準確」、「差錯」、「令人發笑的自
　　滿」、「刁鑽的形式」、「沒落官僚的細膩」等等，這不是比卡
　　的指責，而是普魯斯特在《Sainte—Beuve》中的仿作和 M. de Nor-
　　pois「處決」Bergotte 等人的言論。
⑬　《世界報》的一個讀者，以一種奇異的宗教語言宣布新批評的某書
　　「充滿反客觀主義的罪惡」（1965 年 11 月 27 日）。

中⑭。那麼，在 1965 年，批評的**擬真**的條規又是什麼呢？

客　觀　性

　　客觀性（ objectivité ）就是那不絕於耳的第一戒律。在文學批評中何謂客觀性？何謂「存在於我們以外⑮」的作品素質？這**外在性**（ extérieur ）是如此珍貴，正由於它可限制批評借以放任自流的荒謬性，又能避免思想的分歧，而使人易於相容，但是人們不斷給它不同的定義：昔日是理性、本質、品味等等；昨天是作者生平、「體裁的法規」和歷史；而今天人們又再另有不同的定義。有人說文學作品有「事實」可循，只要依據「**語言的準確性、心理統一的蘊涵和體裁結構的強制性**⑯」就行。

⑭　比卡，同前引書，第 88 頁。
⑮　「客觀性：現代哲學名詞，具有客觀性質的東西；*存在於我們以外的物體*」(Littré)。
⑯　比卡，同前引書，第 69 頁。

在此，幾個不同的幽靈似的模式交織在一起。第一
18　點是屬辭典學的：讀康乃依（Corneille）、拉辛
（Racine）和莫里哀（Molière）時，一定要備有凱魯
（Cayrou）的《古典法文語法》（*Français Classique*）
在手，當然又有誰曾提出異議呢？但通用的文義又該如
何處理呢？我們所謂「語言的準確性」（希望這只是一
種反話），只是法語的準確性，辭典的準確性，令人煩
惱（或高興）的是，這一語言只是另一語言的素材，**並
非與前者背道而馳**，只不過是充滿了不穩定性。你能拿
哪種辭典、工具去核對這構成作品第二種深博而又具有
象徵性的書寫語言呢？確切地說，何謂多義性的語言呢
19　⑰？所謂的「**心理統一性**」（cohérence psychologique）

---

⑰　雖然我並不想特別為《論拉辛》辯護，但我不能容許別人屢次指責
　　我誤解拉辛的文義，如 Jacqueline Piatier 在《世界報》中所說的
　　（1965 年 10 月 23 日）。例如，假使我以為 "respirer" 呼吸這一
　　動詞含有呼吸（respiration，名詞）之義（比卡，同前引書，第
　　53 頁），這並不是我忽視了此字的當代詞義（休憩，se
　　détendre），正如我曾在別處所說過的（《論拉辛》第 57 頁），而
　　只是詞典學的意義與象徵的意義並不相悖。在這種情況下，強烈
　　的反嘲弄應是第一義。在這一點上，如在其他很多情況下一樣，
　　比卡的毀謗性短文，被擁護者盲目地支持著。若從最壞處看，我
　　只好引普魯斯特被 Paul Souday 指斥犯法文錯誤時答辯的那些話
　　來回敬：「我的書可能毫無天才的流露；但它至少預示有足夠的
　　文化水準，不至於犯像你指出的那麼粗淺的錯誤。」《書信選》
　　（*Choix de Lettres*），Plon，1965 年，第 196 頁。

也是如此。憑什麼標準去讀解呢？命名人類行動的方法
很多，形容其統一性也有多種方法：精神分析的心理學
與行為主義的心理學的內涵已大不相同。其餘，最高的
根據是「通用」心理學，那就人人均可認同，因而產生
一種極大安全感的心理學。可悲的是，這種心理學是依
賴我們在學校時所得到的有關拉辛、康乃依等人的知識
而形成的。這就再一次讓我們以對作者已有的知識來決
定作者的形象：多美的重言反覆（ tautologie ）！說《安
德羅瑪戈》（ *Andromaque* ）⑶中的人物是「**狂熱的個
人，他們激情的狂暴，等等**」⑱是以平庸避開荒謬，當
然並不能絕對保障沒有錯誤。至於「體裁的結構」，我
們想多知道一點。圍繞「結構」一詞爭論已有百年。結
構主義也有多種：生成的、現象學的，等等。還有一種

---

⑱　比卡，同前引書，第 30 頁。

譯註(3)　《安德羅瑪戈》：拉辛劇作之一（ 1677 年 ）。是五幕悲劇，人
　　　　物是 Toyenne 傳說中的人物。安德羅瑪戈是 Hecta 的遺孀，
　　　　被 Pyrrhus 所囚，為救兒子她非答應 Pyrrhus 的求婚不可。
　　　　結果她佯作答允，婚禮後即自殺。 Pyrrhus 的未婚妻 Her-
　　　　mione 要求追求她的歐瑞斯提殺死 Pyrrhus，以此為愛情的
　　　　見證。歐瑞斯提殺了 Pyrrhus， Hermione 反而瘋了，歐瑞斯
　　　　提也活在夢魘中。此刻是刻劃個人如何被激情所困，結果演
　　　　成不可挽救的悲劇。

「學院」的，是指作品的「佈局」。究竟何謂結構主
義？沒有方法論模式的援助，如何能尋到結構？悲劇有
賴古典論者奠定的法則仍可說得過去，但小說的「結
構」又如何？怎樣去和**新批評**的「荒唐」（extravag-
ance）抗衡呢？

20　　　　這些實證，其實只是一些選擇。從字面上著眼，第
一點是可笑的或非中肯的：作品有字面上的意義，這一點過
去沒有人提出異議過，將來也不會有人提出，如有需要，語
文學可提供我們資料。問題是人們有沒有權利在字面意義
外，讀到其他與本義無違的其他意義，這不是辭典所能回答
的問題，是要在語言的象徵本質上下的總體判定。對其他
「證據」，也是如此：它們**已經**是一種詮釋，因為這已是
對一個預定的心理的或結構模式的選擇；這個準則──
只是許多準則之一──本身可能發生變化。因此所有批
評的客觀性，並不是依賴準則的選擇，而是看它所選擇
的模式是如何嚴格地應用到作品的分析上去的⑲。況且
這並不是小事。但因為**新批評**並無他說，他們只是把描
寫的客觀性建立在它的統一性上，那就無須向它宣戰

---

⑲　關於這客觀性，可參看下文第 62 頁以後。

了。批評的**擬真**通常是選擇字面上的符碼（code）的，這和其他的選擇沒什麼兩樣，且讓我們看看它究竟有什麼價值！

　　有人宣稱要「**保存詞的意義**」[20]，總之，詞只有一義：那正確之義。這法則帶來過多的疑點，或尤有甚者，是形象的普遍庸俗化：有時是純粹地或簡單地禁止〔不能說泰特斯（Titus）謀殺珮累尼絲（Bérénice），因爲她並非死於被謀害[21](4)〕；有時反諷地佯裝取其書面意義去嘲弄〔尼祿（Néron）的陽光與朱尼（Junie）的淚相連處被歸結爲一種行動：「**太陽曬乾了池沼**」[22](5)或成爲「**天文學的假借**」[23]）；有時則又要求只認爲是一個時代的陳詞濫調〔**呼吸**（respirer）一詞不應作吸氣解，因爲十七世紀時，**呼吸是自我舒展**（se détendre）的意思〕。這樣我們得到了奇怪的閱讀指導：讀詩不能

21

⑳　　比卡，同前引書，第 45 頁。
㉑　　比卡，同前引書，第 45 頁。
㉒　　比卡，同前引書，第 17 頁。
㉓　　《國會雜誌》1965 年 11 月 15 日。
譯註(4)　《珮累尼斯》：拉辛劇作之一（1667 年）。 Vespasien 王攻陷耶路撒冷，把王后珮累尼斯帶回羅馬，兒子泰特斯為娶她為后，為國法所不容，結果珮累尼斯自殺而死。
譯註(5)　尼祿和朱尼，拉辛名劇 *Britannucus* 中的人物。

引起聯想，禁止從這些簡單具體的文字，如商埠、後宮、眼淚望文生義，不管詞義是否因年代久遠而可能耗損。詞失去所指的價值，只剩下商品價值：它只有交際作用，猶如一般商品的交易，而沒有提示作用。總之，語言只有一種肯定性，就是其庸俗性，人們經常以它爲選擇對象。

　　另一個書面意義的受害者是人物。它成爲一種極端的、可笑的觀點所產生的結果。它從來沒有誤解自己或自己感情的權利：托詞是批評的**擬真**中陌生的門類〔歐瑞斯提（Oreste）和泰特斯不能自欺〕，眩惑也如是〔葉里菲勒（Eriphile）愛阿基列（Achille），無疑的她從未想像過她是著了迷㉔⑹〕。這種令人驚訝的人物，關係的明確性並不止於虛構，對批評的擬真者而言，生命本身也是明確的：同樣的庸俗性，主宰著書中和現實中的人際的關係。有人說可以將拉辛的作品視爲一種囚困劇（théâtre de la Captivité），這是毫無興味的，因爲那是潮流趨勢㉕，同樣地在拉辛的悲劇中強調力量的關係

22

㉔　比卡，同前引書，第 33 頁。
㉕　比卡，同前引書，第 22 頁。
譯註(6)　葉里菲勒和阿基列是拉辛劇作 *Iphigénie* 中的人物。葉里菲勒
　　　是 Aqamemnon 的女兒。

也是毫無作用的，因爲不要忘記一切社會都是權力所建
立的㉖。那真是極泰然地對待存在於人間的強力關係
了。文學還沒有到達麻木的地步，因此它無休止的去評
論**難以忍受**的平庸處境，因爲正是依賴言語把平常的關
係化爲基本關係，又使基本關係化爲議論紛紛的關係。
這樣，批評的**擬真**利用小集團去貶低一切：人生的平庸
不應揭露；作品中不平庸的，相反地應該平庸化：獨特
的美學，使生命啞口無言，並且使作品變得毫無意義。

品　味

　至於其他批評的**擬真**戒律，那就要往等而下之處去　23
了，應該進一步接近那些可笑的審查，加入陳舊的爭議，通
過今天的舊批評去和前天的尼札爾（Nisard）或勒梅謝
（Nèpomucne Lemercier）等人的舊批評交談。(7)
　如何指出那些禁令（它常常被不加區別地歸屬於道

㉖　比卡，同前引書，第 39 頁。
譯註(7)　尼札爾（1806 ～ 1888），法國文學批評家。勒梅謝（1771
　　～ 1840）法國劇作家。

德和美學）的全部？而古典批評又如何把他們不能歸到
科學中去的一切價值全納入其中？就讓我們把它稱之爲
「**品味**」（goût）吧㉗。什麼是品味所不能談論的呢？
那就是客體。在理論性的言語中，實物被公認爲平淡無
奇：這是言行失當，不是來自實物本身，而是由於抽象
與具體的揉合（類的揉合向來是違禁的）；把**菠菜**
（épinards）與**文學**（littérature）相提並論是荒唐的
㉘：這是實物與批評的符碼語言的距離所引起的詫異。
這樣最終就出現了一個奇怪的移位：舊批評傑出的文章
全都是抽象的㉙，而**新批評**正好相反，因爲它探
討實質與實物，似乎是這後者顯得不可思議的抽象，其實批
評的**擬真**所謂的「具體」只是習慣。是習慣控制批評的**擬
真**的品味。對它來說，批評不應以實物（太平庸㉚），也
不應以思想（太抽象）爲對象，而只應以單一的價值爲
對象。

　　在此，**品味**是非常適用的：是德與美的共同僕役、

24

㉗　比卡，同前引書，第 32 頁。

㉘　比卡，同前引書，第 110、135 頁。

㉙　見比卡論拉辛悲劇所言，《全集》（*Oeuvres Complètes*），
　　Pléiade，卷Ⅰ，1956 年。

㉚　其實象徵性太強。

美與善的方便的旋轉門，審慎地混合在一個簡單的標準
中，可是這個標準有一破滅幻影的力量：當批評被指責
過分談論性問題時——應該瞭解談論性問題向來都是過
分的——，只要想像一下古典英雄具有（或無）性器
官，那已是使一「**糾纏的**」、「**連續的**」、「**嘲弄的**」
性問題「**到處介入**」㉛。性若能在人物塑造中有一個確
切的（非概括的）作用，那就是因爲舊批評不曾細察；
再說那作用也可隨佛洛依德（Freud）或阿德勒
（Adler）的觀點而變化，例如，性在文學中的作用問
題，在舊批評的意識中就從來未有過：除了在《我知道
什麼》（*Que sais-je*）叢書中曾瀏覽過一些外，他們對
佛洛依德又知道多少呢？

　　品味其實就是不准說話。假如精神分析被排斥，那
是因爲它能說話而不是因爲它能思想；如果能夠把精神分析
歸類於一純醫學治療法，使病患留在沙發上不動（事實上不
能如此），那麼人們就會像對針灸一樣的對它感到興趣。但
精神分析卻把它的推論擴展到一種最神聖的。（人所嚮往
的）人，即作家身上。這對一個現代人還說得過去，但對一

25

㉛　比卡，同前引書，第30頁。

個古典作家，像拉辛那樣最明確清楚的詩人，那樣覷腆
的激情㉜，應該怎麼辦呢？

其實舊批評心目中的精神分析形象是非常陳舊的。
這個形象是基於一個人體的古老分類法。舊批評所謂的
人，其實是由解剖學中的兩部分所構成。第一部分，可
稱之爲外上部：藝術的創造者即頭部，高尚的外形，可
示於人前面，又可看見者；第二部分是內下部：即性器
官（不許名狀），本能，「**立即的衝動**」（impulsions
sommaires），「**官能的**」（organique），「**無名的自動
性**」（les automatismes anonymes）和「**陰暗世界的
混沌張力**」（le monde obscur des tensions
anarchiques）㉝。後者是人的原始性、直接性，前者
是演進的，站在統治地位的作者。可是人們不滿地說，
精神分析把上下內外過分溝通了。再者，似乎更讓那隱藏的
內下部領先，讓它變成在**新批評**中「解釋」外顯的「上
部」的原則，這樣人們就冒著一個不能分辨「**鑽石**」與

26

㉜ 「我們能否如此明確地建立一種曖昧的新風尚去判斷或分析拉辛
的天才」（《國會雜誌》，1965 年 11 月 15 日）。

㉝ 比卡，同前引書，第 135 ～ 136 頁。

「**石頭**」的危險㉞。爲什麼會產生如此幼稚的形象呢？我們想再一次向舊批評解釋，精神分析學並不把對象歸結爲「無意識」㉟，因而精神分析批評（由於其他的一些理由，其中也包括精神分析的理由，是可以商榷的）不能被誣指爲使文學變成一種「**危險的被動觀念**」（conception dangereusement passiviste）㊱。其實正好相反，對精神分析批評而言，作者是**創作**（不要忘記這個詞是屬於精神分析語言的）的主體；此外，給予「有意識的思想」一個較高的價值，不言而喻的，就是假定「**直接和基本**」（l'immédiat et de l'élémentaire）只有較低的價值，這就犯了將未經證明的判斷做爲證明議題論據的錯誤。這些美學道德的對立——介乎一個器官性、衝動、自發、無定形、粗野、晦暗等等的人與一種因節度的表達而變得有意志的、清明的、高尚的、光輝的文學之間——可謂愚蠢極了。人就精神分析學而

㉞ 我們既然在談石頭，何不也引用這珍珠呢：「要不惜任何代價去探求作家的困惑，那就是我們會冒險進入『深淵』，在那兒既可能發現一切，也可能犯以石頭取代鑽石的危險。」（《自由的南方》，1965 年 11 月 8 日）

㉟ 比卡，同前引書，第 122 ～ 123 頁。

㊱ 比卡，同前引書，第 142 頁。

27　言，是不能以幾何學分割的，而且依照拉康（J. Lacan）
　　的意見，他的拓撲學談的不是**內與外**的問題㊲，也不是**上**
　　與下的問題，而是關於運動的**正與反**的問題，確切地
　　説，語言無休止的在改變著作用和始終圍繞著某個不存
　　在的東西轉動。但這些訴説有什麼意義呢？舊批評對精
　　神分析的無知是有濃重的神話色彩的（怪不得它逐漸化
　　爲一種迷惑力的東西）：這並不是抗拒，而是一種氣
　　質，它頑固地貫穿於各個時代。邊達（Julien Benda）
　　早在 1927 年〔而比卡（R. Picard）則於 1965 年〕就説
　　過：㊳「我敢説近五十年來的文學，特別是在法國，持
　　續不斷地在爲本能、潛意識、直覺、意志（按德國人的
　　理解，這些詞是與智力相對而言的）的至上而大聲疾呼
　　著。」

㊲　比卡，同前引書，第 128 頁。
㊳　被《自由的南方》所徵引與頌揚（1965 年 11 月 18 日）。是一個關
　　於邊達當下聲響可供探索的小課題。

明　晰　性

　　這是批評的**擬真**之最後一項審查。它有關語言本身，這是我們意料中的。某類語言是批評時所禁止的，暫且名之爲「**行話**」(jargons)。唯一認可的是「**明晰**」(clarté)的語言[39]。　28

　　長久以來法國社會都認爲「明晰」並不是單指口頭交際的一種特性，即指各種語言變體的可變動的屬性，而是指一種與眾不同的言語：亦即某種與法語有親屬關係的神聖語言，正如人們應用古埃及文、梵文或中古拉丁文一樣[40]。這裡所談的語言，即被確認爲有「明晰性的法語」，原是一種政治語言，它產生於上層階級──根據人所共知的某種意識形態──欲將他們的書寫特點

---

[39]　我放棄逐一徵引以我爲攻擊對象的「難以理解的術語」。

[40]　所有這些都曾被 Raymond Queneau 以應有的文筆說過：「這牛頓理性主義的代數，這方便普魯士的 Frédéric 和蘇俄的 Catherine 交易的世界語，這些外交家的、耶穌會士和歐氏幾何學家的術語，可以說是整個法語的典範、理想和標準」(《權仗，數字，文字》(*Bâtons, chiffres et lettres*)，Gallimard，《思想系列》，1965 年第 50 頁)。

替代普遍性的語言時，並使人相信法語的「邏輯」就是
絕對的邏輯——即所謂語言的精髓。法語的語序是主
事、動作、被動，這被認為是符合「自然」模式的。然
29　而這種神話已被現代語言學的科學研究破除了㊶，
因為法語的「邏輯性」其實與別的語言並沒有太多的差別
㊷。

　　我們知道得很清楚，法國的語言是如何被我們的語
言監督機構所破壞。奇怪的是，法國人不斷地以他們能
有一個拉辛（只用兩千個字寫作的人）為傲，卻從來不
埋怨沒有一個自己的莎士比亞。他們直到今天仍以一種
可笑的激情為「法語」鬥爭，以神諭的記載、教會的宣
判去抵禦外來的入侵，把某些不受歡迎而有影響的詞判
處死刑。必須不斷地對詞彙進行清除、剖割、禁止、淘
汰或決定保存與否的工作。用醫學術語來說，舊批評就
此判決不合它意的文字（稱之為「病態」），我們可以
說這是一種民族病態，有人卻美其名為**語言的**

㊶　見 Charles Bally《普通語言學和法語語言學》（ *Linguistique générale
　　et Linguistigue française* ）（ Berne, Francke，第 4 版， 1965 年）。
㊷　古典主義認為法語句法是普遍邏輯最恰當的表達，跟羅瓦雅爾
　　（ Port Royal ）對於一般性語言邏輯問題的深入觀察［這點今天為
　　喬姆斯基（ N. Chomsky ）所重提］，這兩者不應混淆。

淨化（ablutionisme du langage）。我們可讓人類心理
學去決定所謂語言淨化的涵義，但同時也應注意到，這
語言的馬爾薩斯主義（malthusianisme）是何等的陰
森。地理學家巴諾（Baron）說：「巴布亞人的語言很
貧乏，每一個部族有自己的語言，但它的語彙不斷地在
削減，因爲凡是有人死去，他們便減去幾個詞做爲守喪
的標記。㊸」在這點上我們可能勝過巴布亞人，因爲我 30
們虔敬地保存已故作家的語言，同時也拒絕思想界的新
詞、新義。在此，守喪的特徵不是讓一些已有的詞死
去，而是不讓新詞誕生。

　　語言的禁令是屬於知識階層（舊批評也是其中之
一）的小紛爭。它所推崇備至的「法語明晰」也只是行
話之一。這是一種特殊的言語，是一羣特定的作家、批
評家、編史家所用的。他們主要不是模仿古典作家，而
只是模仿古典主義。這些過時的行話全非以推理準確爲
要求，或以禁欲主義式的排除形象爲標誌，猶如一般的
形式語言（只有在此我們有權談到「明晰」），而是被
一些僵化的集團所控制，有時彆扭過多以至誇大㊹，有 31

㊸　巴諾：《地理》（*Géographie*）（哲學敎材，Éd. de l'École, p.83）。

時又被某些文句圓轉流暢的品味所左右，當然；也如臨大敵似的，帶著恐慌或嘲諷而迴避一些外來而可疑的詞語。在此我們又發現了一種保守派，它不願詞彙有任何改變、任何分隔或任何分配：猶如一羣蜂擁的人潮衝向語言**金庫**，每一個學科（其實這純粹是學院觀念）都分到一個小小的不能逾越的語言領域、術語的圈（例如哲學只能有哲學的行話）。可是劃歸批評的領域卻很奇怪：其特別之處，是外來語不能引入（好像批評家並不要有太多觀念上的需求），但由此至少達到了普遍性的語言尊嚴。這普遍性其實只是**通用**（courant）之義：即弄虛作假，包括一大堆的怪癖和拒絕。所謂普遍又增添了一種特殊，一種由個別業主們組成的普遍性。

　　我們可以用另一種方式來表達這種語言的自我陶醉：「行話」是另一個語言；這另一個語言（即非其他人的），也不是自己的；由此產生了語言的難以忍受的特性。語言一旦被視爲不是自己集團的，便被判爲無用、空洞、病態㊺，其運用只有膚淺或低下（阿諛諂媚

32

㊹　例如：「那天堂的音樂！它去除一切來自一些敘述 Orphée 打碎豎琴等等的前人著述的成見和一切惱火」，以此只為說明 Mauriac 的新作《回憶錄》（*Memoires*）比前人更勝一籌。

、自滿自足）的理由而沒有嚴肅的目的。這樣「新批評」的語言對「古批評」來說，一如意第緒語（yiddish，東歐、美國猶太人用的語言——譯者註）那麼離奇（這樣比較也還有待商榷㊻），對此我們可以回答：意第緒語**這種語言**是能學的㊼。「**為什麼不能簡單明瞭的說呢？**」多少次我們聽到這樣的質問，又有多少次我們有權向對方回敬。就算不提圈外人聽不懂的、無傷大雅、皆大歡喜的通俗語言㊽，舊批評能否肯定沒有其混亂難懂的地方呢？假如我是舊批評家，我是否會有理由要求同行們這樣寫呢：**不說畢魯耶**（M. Piroué）**的法文很流暢，而代之以「我們要歌頌畢魯耶的神來之筆，它能經常以出奇不意或恰到好處的表達方**

㊺ 舊批評的代表人物 M. de Norpois 說，Bergotte 的語言「違反文義去排列一些音響鏗鏘的文字，只為了隨後的內容」（普魯斯特《追憶似水年華》（*A la recherche du temps perdu*），Pléiade，I，第 474 頁。

㊻ R. M. Albérès：《藝術》（*Arts*），1965 年 12 月 15 日（批評的調查）。這種意第緒語看來排除了報紙與大學的語言，因為 M. Albérès 是記者和教授。

㊼ 在國立東方語言學校。

㊽ 「為三色旗（法國）而工作的計畫：組織橄欖球隊全體前鋒如何訓練用腳後跟把球踢回己方，再審察界外球問題」[《球隊》（*l'Équipe*），1965 年 12 月 1 日]。

式使我們受到刺激」；或不是簡單地名之曰「憤怒」，
而是代之以「**心的動盪灼熱了筆，而使之變成一把殺人
的利刃**」㊾。讀者對著這枝作家灼熱的筆，間或是愉快
的刺激，間或是陰森森的利刃，會有如何的想法呢？其
實，這種語言也只能在被接受的範圍內才可謂之明晰。

33　　　其實舊批評的文學語言是與我們無關的。我們知道
它不能用另一種方式書寫，除非它能以另一種方式思考，因
爲書寫也**就是**組織世界，也**就是**思考（學習一種語言就
是學習如何用這種語言思考）。要求一個並不想重新思
考的人去重新書寫，這是無用的（可是批評的**擬真**總是
固執於此）。你沒有看見**新批評**的行話只是用荒謬的形
式鑲嵌在平庸的內容中嗎？其實這是可以藉著除掉構成
語言的系統去「簡化」一種語言的，也就是除掉構成詞
義的那些聯繫。如此，便可以把一切都「譯成」克里扎
爾（Chrysale）⑻的通順的法語：爲何不能把佛洛依德
的「超我」歸結爲古典心理學的「精神意識」呢？**什**

㊾　P. H. Simon，《世界報》（1965 年 12 月 1 日）和 J. Piatier，《世
　　界報》（1965 年 10 月 23 日）。

譯註(8)　克里札爾：莫里哀名劇《女學究》（*les Femmes Savantes*）中
　　的丈夫。參見《莫里哀喜劇六種》，（桂冠，1994）。

麼？就是這麼簡單嗎？（Quoi! Ce n'est que cela?）是的。如果把多餘的一切都刪除的話，就是這樣。在文學中**重寫**（rewriting）是不存在的，因爲作家並不具備一種前語言（avant-langage），以供他在其他一些認可的符碼中選擇一種表達方式（這並不意味著他沒有不斷地去尋找）。文字是有所謂明晰性的，但這種明晰性與其說與伏爾泰（Voltaire）⑼或尼札爾（Nisard）的現代仿作有關，還不如說與馬拉美（Mallarmé）⑽所談的《墨水瓶之夜》（*Nuit de l' Encrier*）更有關。「明晰性」並不是書寫的特性，而是書寫本身。一旦構成爲書寫，那就是書寫的幸福，因爲其中充滿了欲求的一切。無疑，對作家來說，受歡迎的各種限制是一個很重大的問題，無論如何這是他選擇的。他之所以能接受這些狹窄的限制，就正因爲寫作並不是藉著一種**媒介**（moyenne）與一切可能的讀者訂定一種容易的關係，而是與我們的語言本身訂定一種艱難的關係：一個作家應該主要對言語即其自身的真實負責，而不是主要對

34

譯註⑼　伏爾泰（1694～1778），19世紀法國文學批評家。
譯註⑽　馬拉美（1842～1898），法國著名詩人。

《法國民族》（ *Nation française* ）或《世界報》（ *le Monde* ）的批判負責。「行話」並不是一種表面的工具，如人們以一種無用的惡意所暗示的那樣⑤。「行話」是一種想像（一如想像那樣令人震撼），語言的隱喻化的智慧話語，總有一天會被需要的。

　　在此我維護的並不是我的「行話」，而是語言的權利。此外，我為什麼要談論它呢？這兒有個很深沉的不安（一個身分的不安），如何能想像既成為某種語言的主人，而同時又需要像維護財產一樣去維護它。我是否**先於**我的語言而存在呢？這個**我**是誰呢？是創造語言的主人嗎？我怎麼能使我說的語言變成一種具有個人簡單特性的東西？如何能想像我說話是因為我存在？在文學之外或許可能維持這些幻象，但文學卻不容許如此。禁止其他語言只是將你本身排斥於文學以外的一種方法：我們再不能，也不應該像聖馬克‧吉海丹（Saint-Marc Girardin）那樣以藝術的警衛自居，或裝腔作勢地對其高談闊論⑤。

35

---

⑤　比卡，同前引書，第 52 頁。
⑤　使年輕人對《世紀之書》（ *livres du siècle* ）所傳播的「**幻象與道德的含混**」提高警惕。

說示無能(11)

論及一本書時，要講求「**客觀**」、「**品味**」和「**明晰**」，這就是批評的**擬真**，是 1965 年的情況。這些戒律非始於今日：後二者來自古典時代；前者來自實證主義時代。它是由一個分散的體例構成的，是半美學（來自古典的美），半理性（來自「常識」）的，一種介乎藝術與科學之間的旋轉門，從而避免完全陷於任何一方。

這種曖昧不明表現在後者這個主張，即似乎掌握住舊批評遺囑式的偉大思想，亦即所謂的文學「**特質**」（spécificité）中。猶如一小型戰爭武器對準著**新批評**，人們誣指新批評不注意「**文學之為文學的特質**」⑤²（dans la littérature, à ce qui est littéraire），或指控它「**把文學視為原始的真實性**」（la littérature comme réalité originale）⑤³一樣來破壞，但從不解釋一種看來

36

譯註(11) 說示無能：失去瞭解符號與象徵的能力。
⑤² 比卡，同前引書，第 117 頁。
⑤³ 比卡，同前引書，第 104、122 頁。

是攻不破的重言反覆：「**文學就是文學**」（la littéra-
ture, c′est la littérature）。人們就是這樣立刻因**新批
評**的忘本而憤怒，以批評的**擬真**的意旨去指斥**新批評**對
文學所含的藝術、情感、美與人性⑤視若無睹，佯裝向
批評界號召接受一種更新的科學，即集中注意於文學對
象「本身」，不依賴其他科學，例如歷史學或人類學。
這個「更新」其實是相當陳舊的，因爲它差不多等
於布勻遜（Brunetière）⑿責備泰恩（Taine）⒀時所用
的同類詞語，即責備他太忽視「文學的本質」，即所謂
「體裁特有的規律」。

　　嘗試建立文學作品的結構是一項很重要的事，有些
研究工作者根據一些舊批評所未提過的方法，正從事於
此。這是不足爲奇的，因爲舊批評裝成注意結構而又不
想成爲「結構主義者」（這是一個令人厭煩而應「清
除」法語的詞）。無疑的作品的閱讀應限制在作品的範
37 圍內；但一方面我們不知形式一旦展現出來，如何可能
避免遇上來自歷史或**心靈**（psyché）的內容。總之；是

───────────────

⑤　「……這個新批評非人道和反文學的抽象」（《國會雜誌》， 1965
　年 11 月 15 日）。
譯註⑿　布勻遜（1849～1906），法國文評家。
譯註⒀　泰恩（1828～1893），法國哲學家、歷史學家。

舊批評無論如何都不願接受的一切「**別的東西**」
（ailleurs）；另一方面，結構分析的價值比人們所想
像的珍貴得多，因爲除了環繞作品綱要所引起的友好閒
談，它只好根據邏輯的模式來構成。事實上，文學的特
性問題，只能在普遍符號理論之內提出：要維護作品內
在的閱讀就非瞭解邏輯、歷史和精神分析不可。總之要
把作品歸還文學，就要走出文學，並向一種人類學的文
化求助。我們懷疑舊批評是否有此準備。對它來說，似
乎要維護的只是一種純美學的特質，因爲它要保護作品
的絕對價值，不爲任何卑下的「**別的東西**」所褻瀆，無
論是歷史也好，**心靈**的底層也罷；它所要的並不是複合
的作品，而是**純粹**的作品，隔斷一切與世界和慾望的聯
繫。這是一個純粹屬於道德範疇中覷腴的結構主義模
式。

　　法雷爾（Démétrios de Phalère）⒁曾這樣建議：
「**有關眾神，就說他們是眾神。**」（Au sujet des
dieux, dis qu'ils sont des dieux）批評的**擬真**的最終要
求也是如此：「**有關文學，就說是文學**」（au sujet de

譯註⒁　法雷爾（1842～1898），法國詩人。

la littérature, dites qu'elle est de la littérature）。這
一重言反覆不是隨便說說的，人們首先佯裝相信能談論
文學，可使它成爲言語的**對象**（objet 前譯**實物**──譯
38　者註），但這種言語很快就結束了，因爲除了說對象就
是對象本身外，它對這個對象其實也沒有什麼可說的。事實
上批評的**擬真**能通往沉默或其替身，**瞎說**。正如雅可布
遜（R. Jakobson）於 1921 年已說過的，是一種有關文
學史的友善的**閒談**（causerie）。由於各種禁律的約
束，再加上對作品的所謂「尊重」（對作品只作字面上
的感知），批評的**擬真**所能表達的是整個審查所留下的
一小段言語，只容許肯定對已故作家的監督權，至於用
另一種言語來使作品具有多重性，它已失去這種手段，
因爲它不願承擔風險。

　　總之，沉默是一種告退的方法，然而值得注意的
是，作爲告辭，也就意味著這種批評的失敗。由於它的
對象是文學，它應能設法去建立一部作品所能產生的條
件，如果不能勾勒出科學的輪廓，至少也應提出一種文
學創作的技巧，但它卻把對這種調查的關心和「憂慮」
留給作家們自己去承擔〔幸虧從馬拉美（Mallarmé）到
白隆碩（Blanchot）⒂對此並未鬆懈〕：就這樣，以他

們自己的方式，邁向藝術的**客觀**真實的過程中，作家們
愈來愈認識到，語言是文學的實際性內容。至少我們應
該接受批評的解放——它不是科學，而且也不能自許成
爲科學——以便告訴我們現代人可能賦予過去作品的涵
義。人們是否相信拉辛在本文的字面上，能使我們跟他　　39
發生關係呢？認真的說，一個「**強烈卻靦腆**」（violent
mais pudique）的戲劇能對我們發生什麼影響呢？今天
「**傲慢又仁慈的王子**」（Prince fier et généreux）⑤能
說明什麼呢？多奇怪的語言！人們對我們談論一個有
「**男子氣概**」的英雄（卻不能有任何性器官的暗示）；
這類表達方式，在一些戲謔的模仿中令人發笑：當我們
在閱讀愛爾貝蒂娜（Albertine）的女友吉賽兒
（Gisèle）在她畢業考試時所寫的《從索佛克理斯到拉
辛的信》（*Letter de Sophocle à Racine*）時，就會讀到
「**人物都有男兒氣概**」⑤⑥之類的話。此外，對同一個拉
辛，希賽兒和安德蕾（Andrée）曾談及「悲劇體
裁」、「情節」〔在此我們又遇到「**體裁的規律**」

⑤　比卡，同前引書，第34、32頁。
⑤⑥　普魯斯特：《追憶似水年華》（Pléiade，卷Ⅰ，第912頁）。
譯註(15)　白隆碩（1907～　　），法國小說散文家。

（lois du genre）〕，談及「構思得當的人物」〔即所謂「**心理蘊含的統一性**」（la cohérence des implications psychologiques）〕，又提到《阿塔麗》（*Athalie*）⒃並非「愛情悲劇」〔同樣，人們告訴我們《安德羅瑪戈》（*Andromaque*）並非愛國劇〕，等等⑰，這不是舊批評又是什麼？人們教導我們的批評詞彙是四分之三世紀前一個少女準備畢業考時所採用的詞彙，可是，從那個時候以來，又有了馬克斯、佛洛依德和尼采等人的學説，再説，費孚（Lucien Febvre）、梅洛龐蒂（Merleau-Ponty）⑰也都曾要求不**斷重寫**史學史和哲學史的權力，以便使歷史的事實能成爲一個完整的事實。爲什麼我們就不能賦予文學同樣的權利呢？

　　這沉默、這失敗，如果不能解釋，至少可用另一種方法説明。舊批評是一種心緒的犧牲者，這就是語言分析者所熟識，而被稱爲「**説示無能**」⑱的毛病。它不能

⑰　比卡，同前引書，第 30 頁。我顯然從未把《安德羅瑪戈》看成愛國劇；這些分類與我無關──別人這樣明確地譴責我。我只談到《安德羅瑪戈》劇中的神父的形象，就是這麼一回事。

譯註(16)　《阿塔麗》：拉辛最後的一部悲劇作品。

譯註(17)　費孚（1878 ～ 1956），法國歷史學家。梅洛龐蒂（1908 ～ 1961），法國哲學家。

感知或支配象徵，即所謂意義的共存現象。在它來說，
象徵的功能是一種能使人建立思想、形象和作品的非常
普遍的能力，一旦超越語言狹隘的理性應用，這種功能
就受到紛擾、限制和審查。

　　無疑的，不依據象徵也可以談論文學作品，這有賴
於人們所選擇的視角，且須預先說明。就算不談那龐大
的、由歷史所引發的各種文學制度⑲，只著眼於作品本
身特有的範圍，我當然可以從演出方法的角度去研究
《安德羅瑪戈》，或者根據塗改的筆跡來研究普魯斯特的
手稿，我無須去相信或不相信文學作品的象徵性：一個　41
患失語症的人大可以編織籬籃或者從事細木工作。但一
旦要根據它的組成去研究作品本身時，就不可能不在一
個較大的範圍內提出象徵性閱讀要求。

　　這就是**新批評**所做的事。人人都知道，今天它是公
開地從作品的象徵性質和巴希剌（Bachelard）⑱所說
的意象的澄清。可是，在別人最近跟它引發的爭論中，

<hr />

⑱　H. Hécaen 和 R. Angelergues《語言的病理學》（*Pathologie du langage*）（Larousse, 1965, 第 32 頁）。
⑲　參見《論拉辛》，〈歷史或文學？〉第 147 頁以下（Seuil, 1963）。
譯註⑱　巴希剌（1884 ～ 1962），法國哲學家。

從來沒有人想到象徵，因而要討論的應該是一種明顯象
徵性批評的自由度與限制性。人們肯定了字面意義的專
權，但從沒有暗示象徵也可以有它自己的權利。這或許
不是字面意義樂意留給它的若干剩餘的自由。字面意義
的排擠象徵或者反而容許它共存，作品是字面意義的，
抑或是象徵意義的？或者更如藍波（Rimbaud）所説，

42 「**是字面的，同時也是全面的意義**⑥」（littéralement
et dans tous les sens）。這應是爭論的重點所在。《論拉辛》
（*Sur Racine*）一書的分析，是完全依附某種象徵性的邏
輯，這也正是該書序言所申明的。應該從總體去爭論這邏輯
的存在或可能性〔如人所説，這對「**爭論的升級**」（élever
le débat）是有利的 ），或者提出《論拉辛》的作者沒有
好好地去實踐這些成規──當然這應該是會被誠心接納
的，尤其是在這本書已出版兩年，距離寫作日期已六年
之久的時候。這是一個很獨特的閲讀心得：爭論一書的
枝節，而不試著去瞭解人家寫作的總體計畫，簡而言之
即意義（le sens），是多麼可笑！舊批評使我們想起了

---

⑥　藍波的母親不理解《地獄的時刻》（*Une Saison en Enfer*），他在
　　信中對她説：「我想說我所想說的，不但是書面的，而且是全面
　　的。」（《全集》，Pléiade，第 656 頁 ）。

那些翁泊濟（Ombredane）所說的「老古董」，他們第一次看電影時只看雞兒穿越村中的小廣場。把字面意義看成絕對王國，繼而以一個不是為它而設立的原則，出乎意料之外地去爭論每一個象徵，這是沒有道理的。你會去責備一個中國人（因**新批評**的語言看起來就是一種奇特的語言）**在說中國話時**犯了法語的語病嗎？

　　總之，為什麼會有對象徵聽而不聞、**說示無能**這種現象呢？在符號中象徵有什麼威脅呢？做為書的基本的多元意義，為什麼會使環繞著它的言語感到危殆？再者，這些問題為什麼獨獨發生在今天呢？

第二部

II

　　對一個社會來說，沒有什麼比語言**分類** 45
（classement）更重要了。改變分類，變化言語，就是一場
革命。兩個世紀以來，法國古典主義（classicisme）以其書
寫的分離性、層階性及穩定性爲特徵。浪漫主義革命本身就
是爲了擾亂這種分類。然而差不多近百年來，無疑的，是始
自馬拉美，我們的文學地位正經歷一次重要的調整：交換、
滲透和融和，因而產生文字（écriture）的雙重功能，也就
是詩學與評論的功能①。不只是作家本人去當批評家，他
的作品也常常顯示它產生的條件（例如普魯斯特的作

---

① 參看 Gérard Genette：〈二十世紀的修辭學與敎學〉（Rhétorique
　　et Enseignement au XXe siècle），刊載於《年鑑》雜誌
　　（Annales），1966 年。

品），或者甚至顯示這種不產生的條件〔對白隆碩來說
就是如此〕。同一的語言會在文學中到處流通、使用，
46　進入其背面。如此，書本就被寫書的人從反面來理解，
再無所謂詩人或小說家的存在，而只剩下書寫本身②。

評論的危機

　　隨著附加運動而來的是評論家成了作家。當然想成
爲作家並不是爲了提高身分，而是爲了存在。即使成爲
小說家、詩人、散文家或編史家是更爲榮耀，但對我們
來說又有什麼重要意義呢？作家不應以他所扮演的角色
或價值，而只應以某種**言語的自覺性**（conscience de
parole）爲特徵，對他來說語言就成了問題，他體驗到
語言的深度，而不是它的工具性或美感。評論的著作因
此應運而生，像狹義的文學作品一樣供讀者閱讀之需。
雖然這些作者本身就身分而言，只是批評家而非作家。

② 「詩歌、長篇小說、短篇小說是一些再不能，或者幾乎不能騙人
的奇異古董。爲何要寫詩歌和故事呢？只剩下書寫而已。」〔J.
M. G. Le Clézio：《發燒》（ *La Fièvre* ）前言〕。

假如**新批評**有什麼實在性的話，它就在於：不是依賴方
法上的統一，更不是依靠附庸風雅去維繫，像一般人隨
便的議論，但在孤立的批評活動中，它從此遠離一切科
學的或社會機構的庇護，而肯定地成爲一項名副其實　47
的書寫活動。以前批評與創作是被一個陳舊的神話隔離了，
這個神話就是：「**無上的創造者與低微的侍從，二者都是
必須的，但應該各就各位，**等等」，今天作家與評論家
處於同樣的困難環境中，面對著一個對象：語言。

　　我們知道這最後的違抗行爲是很難被忍容的。雖然
須爲此奮鬥，但可能已被另一個剛剛出現的、新的更新
替代了。不只在評論方面開始這「書寫的穿越」③，這
可能成爲我們這一世紀的烙印，而是整個知性話語也在
經歷著同一的遭遇。正如巴大勒（Georges Bataille）
的洞察所沒有忽略的(1)，四世紀前，修辭學的奠基者羅
佑拉（Ignace de Loyola）已經在《精神練習》（*Exer-
cices spirituels*）中呈現了一種有別於三段論和抽象性的

③　Philippe Sollers：〈但丁和書寫的穿越〉（Dante et la traversée de
　　l'écriture），*Tel Quel*第 23 卷，1965 年秋。
譯註(1)　巴大勒（1817 ~ 1962），法國散文家，專門探討色情和死
　　亡，對當代文學有極大的影響。

力量，爲修辭學建立了一種戲劇化的話語模式④。此後，由薩德（Sade）(2)到尼采，智力展示的規條被週期性地「燒毀」（brûlées）（取此詞的雙義：一個是焚燒，一個是超越）。這似乎成了今天公開爭論的問題，智力通向了另一邏輯。它涉及到純粹的「內部經驗」的領域：同一也是唯一的真實在自我探索，對任何的言語，無論是虛構的、詩意的或話語的而言，都是共通的，因爲從此以後它就是言語本身的真實。當拉康談論到這個問題時⑤，他在語言的領域中，以全面擴展的意象替代了傳統的抽象觀念。他不再把實例與意念分割開來，甚至認爲這種方式本身就是真實。在另一方面，與通常的「發展」觀念截然不同。李維史陀（Claude Lévi-Strauss）在《生食與熟食》（le Cru et le Cuit）這本書中，提出一種新的**變化變異**（variation）的修辭理論，並由此得到一種

48

---

④ 「……就這樣，我們看到了這個戲劇性字眼的第二個意義；亦即：在話語中所增添之堅持不加以說明的意願，正如同為了要體會冷冽的風寒而情願全身赤裸一般……。基於這個理由，我們可以相信將 Saint Ignace 的「練習」運用到推論法則已是一個傳統的誤謬……」（《內部經驗》，Gallimard，1954，26頁）。

⑤ 在高等實用學校他的研討班上。

譯註(2) 薩德（1740～1814），18世紀末法國小說家，以描寫性暴力著稱。

形式的依據。這是一般人文科學中所罕見的。話語的言語，毫無疑問也正在發生變化，這本身就使評論家與作家靠近；我們是進入了**評論的普遍危機**（crise générale du Commentaire），或許與由中世紀過渡到文藝復興時代在語言方面所留下的烙印很相似。

　　自從人們發現（或再發現）語言的象徵性（或者可以說是象徵的語言性）的時候起，事實上這種危機就是不可避免的，這就是今天在精神分析與結構主義相輔作用下所產生的情況。古典—資產階級社會長期以來把言語當作工具或者裝飾，我們現在是把言語視爲符號或真實，一切與語言有關的，都被以某種方式重新評價：哲學、人文科學、文學都是如此。

　　這無疑就是今天應重新決定文學批評的地位的辯論，也是爭論的部分對象。作家與語言的關係如何？假如作品是象徵性的，閱讀應該遵循什麼規律呢？能否有一個書寫上象徵的科學呢？評論的語言本身是否也是象徵性的呢？

語言的多元性

　　做爲一種體裁而言，私人日記就有兩種不同的研究
方法。一種是社會學家紀德（ Alain Girard ）的方法，
一種是作家白隆碩⑥的方法。前者把日記做爲一種表達
社會、家庭及專業等等多種狀況的工具；後者則認爲是
在不安的狀態下拖延命定孤獨感的書寫方法。所以日記
至少有兩種涵義，但二者都是合乎情理的，因爲它們都
是協調的。這是一個平凡的事實，我們可以在批評史中
或在對同一作品的各式各樣的閱讀中找到印證。至少事實證
明作品可有多元意義。但只需要擴大一點史學的眼光，就能
把這單一的意義演爲多元意義，把封閉的作品化爲開放的作
品了⑦。作品本身的意義也在改變中，它不再是一歷史
事實，而是一人類學的事實了。因爲任何歷史都不可能

50

---

⑥　紀德：《日記》（ le Journal intime ）（ P.U.F.1963 ）；白隆碩：
　　《文學空間》（ l'Espace littéraire ）（ Gallimard， 1955 年，第 20
　　頁 ）。

⑦　見 Umberto Eco 的《自由著作》（ l'Oeuvre ouverte ）（ Seuil, 1965
　　年 ）。

把它完全表達。意義的變化並非由於人們的習俗的相對
視角的不同而引起的，它並不指示社會的錯誤傾向，而
是展示作品的開放性：作品同時包含多種意義，這是結
構本身使然，並不是因為讀者閱讀能力的不足，因此它
是象徵性的：象徵並不等於形象，它就是意義的多元性
本身⑧。

　　象徵是穩定的，只有社會的意識，和社會賦予象徵　　51
的權利可以變動。在中世紀，象徵的自由便被公認，並且以
某種方式符碼化了。正如我們在關於四種意義的理論⑨中所

---

⑧　我並不是不知道**象徵**在符號學裡有一個完全不同的意思，相反
　　地，在符號學的象徵體系裡，「可能出現單一的形式，每一表達
　　單位與每一內容單位一一對應」。就符號學體系來說（語言、
　　夢）是需要把「兩種形式分別開來的，一種是表達的形式，一種
　　是內容的形式，二者並不相同。」[N. Ruwet；〈今天的普通語言
　　學〉（ La Linguistique générale aujourd'hui ），*Arch. europ. de
　　Sociologie*，第 5 卷［1964 年，第 287 頁］——很明顯，根據這一定
　　義，作品的象徵是屬於符號學而並非屬於象徵理論的，可是我在
　　此暫時對**象徵**一詞取 P. Ricoeur 所給予的普遍意義，這就能滿足
　　以下討論的需要了。（「象徵之所以存在，是因為語言產生一些
　　程度複雜的符號，它不只是指明事物，而且提示另一意義，此意
　　義只能在其追求的目的中，也只能通過其追求的目的才能達
　　到」《論詮釋：評佛洛依德的論文》（ *De l'Interprétation, essai
　　sur Freud* ），Seuil, 1965 年，第 25 頁。
⑨　字面的、寓言的、道德的和神聖的意義，它明顯地從傾向性的意
　　義過渡到神聖的意義。

看到的那樣；相反地在古典社會中（指 17 世紀——譯
註），對此卻調節得不太恰當，象徵被忽視或如它現在
的倖存者那樣被審查。象徵自由的歷史通常是極爲殘暴
的史實，而這自有其意義；人們審查象徵時，不可能不
使它受到損害。無論如何，如果我們能這樣說，這就是
一個制度的問題，而不是作品的結構問題。無論社會是
如何考慮或決定，作品會超越社會，靠著某種多少有點
偶然性和歷史性的意義輪流：因爲一個作品的「永恆」
並不是由於它把唯一的意義加諸於各種不同的人身上，
而是因爲它爲唯一的人提供了不同的意義。人經歷了多
52 元的時間，但永遠說著同一的象徵性語言。總之，
作品提示多元的意義，由人去隨意支配。

　　任何讀者都知道，假如他不想被字面意義所嚇倒，他怎
麼會不感覺到與**超越**本文的某個東西有接觸？就如作品
的第一語言在他本身引發出其他的詞語，並教他述說著
第二種語言那樣，這就是人們所謂**夢想**（ rêver ）。但
根據巴希剌的說法，夢想也有它所遵循的道路，作品的
第二語言所勾勒出來的就是這樣的道路。文學就是名詞
的探索。普魯斯特就曾在**蓋爾芒特**（ Guermantes ）這
幾個字音中發掘了整個世界。其實，作家都有這個信

念，認爲符號的存在並非任意性的，而名詞來自於事物的自然屬性。作家都是站在克拉底洛（Cratyle）一邊，而不贊成赫爾摩根（Hermogène）的意見(3)。但是**我們應該是作家怎麼寫就怎麼讀**（nous devons lire comme on écrit）。因而我們「頌揚」文學（「頌揚」也就是將其精義發揚光大）；假如詞語只有一個意義，也就是說辭典上的意義，假如第二種語言沒有擾亂或解放「語言的確定性」，那就沒有文學了⑩。所以閱讀的 53 規例不是字面意義的規例，而是暗喻的規例，這就是語言學的（linguistiques），而非語文學的規例（règles philologiques）⑪。

----

⑩　馬拉美給 Francis Vielé-Griffin 的信：「如果我依你的意見，你是把那詩人的創作天賦放在他該玩弄的那不完全的工具上；一種假定適合表達他思想的語言將會取代作者，事實上就是所有的人。」〔J. P. Richard 所引，《馬拉美的想像世界》（*l'Univers imaginaire de Mallarmé*），Seuil，1961 年，第 576 頁〕。

⑪　近來有人數次指責新批評違背了教育的責任，這主要就是指導閱讀的問題。舊修辭學重點似乎在於指導如何寫作，它指定創作（模仿）的規例，而忽視了接受的規例。其實我們可以懷疑這樣會不會縮小閱讀的範圍而僅限制在一些規律上，善讀就可能善寫，也就是說依據象徵去寫。

譯註(3)　克拉底洛是柏拉圖的《克拉底洛篇》中的一個人物，他主張語言來自事物的本性，另一人物赫爾摩根則主張語言來自約定。

語文學實際上是爲了確定敍述的字面意義，但毫不
兼顧次要意義。相反地，語言學並非爲了減少語言的模
糊性，它只爲了理解它，或者可以說是爲了**建立**
（instituer）這種模糊性，使這種模糊性變得**有章可
循**。詩人很早以來已經懂得所謂**提示**（suggestion）或
引發（évocation），語言學家就是這樣開始接觸這個
問題，意圖給浮動的意義一個科學的地位。雅可布遜
（R. Jakobson）強調詩歌（文學）信息構成的模糊
性。這就是說，這種模糊性不是指美學觀點的詮釋「自
由」，也不是對其危險性作道德觀點的審查，而是用符
碼使之形式化，把模糊性構成符碼。文學著作所依附的
象徵語言**在結構**（par structure）上來說是一種多元的
語言。其符碼的構成致使由它產生的整個言語（整個作
品）都具有多元意義。這種性質，在就本義而言的語言
中，已經存在。它包含著很多人很想要指出的不確定性，這
就是語言學家正開始在研究的問題⑫。但實用語言與文學
語言相較，其模糊性就算不了一回事了。實用語言可以

54

---

⑫　參看 A. J. Greimas：《語文教程》（ *Cours de Sémantique* ），特別
　　是第 6 章關於話語的同位素。（ Saint—Cloud 高等師範學院的打
　　印講義， 1964 年 ）。

藉著其出現的**語境**（ situation ）而減少誤解，在極模糊
的句子以外，有一特定的上下文、動作或回憶可助理
解，假如我們願意在**實際生活中**（ pratiquement ）利用
它要傳達給我們的信息，就是藉著這些即情即景使其意
義彰顯。

　　但文學作品卻並非如此，沒有任何即情即景可做依
據，或許，正是這一點最能說明它的特徵：作品不受任
何**語境**所環繞、提示、保護或操縱；任何現實人生都不
能告訴我們作品應有的意義。作品雖然總有些可徵引的
什麼東西，但它的不可確定性是絕對純粹的。無論它是
多麼絮叨，但都具有預言的精簡性（並非胡言亂語），
言語雖然符合第一符碼，但卻允許多層意義的詮釋，因
爲它的表述是在整個**語境**之外的──如有所限制，也是
受制於這個模糊的**語境**：作品永遠處於預言性的**語境**。
當然在閱讀作品時，加上**我的**語境，可減少它的模糊性
（通常的情況正是如此）。但這**語境**是變動的，雖
構成作品，卻並不讓我們找到作品。一旦我願意接受這
個建立作品象徵符碼的限制，它就不能表示反對我賦予
著作的意義，也就是說，當我願意把我的閱讀納入到象
徵範圍時。不過，作品也不能證實這個意義，因爲作品

的第二符碼是有限制性的：它也不指定意義之所在，因
爲它是循著意義的容量，而不是循著線條走的，它建立
多種模糊性而非單一性的意義。

　　既無任何固定的**語境**，作品本身便可供讀者去探
索：在作者與讀者前，作品變成一個語言問題，人們可
感受它的本質，從而接觸到它的限制。作品成了廣泛的
無休止的詞語調查的信託者⑬。人們總希望象徵只有想
像的性質，其實象徵本身也具有批評的功能，而批評的
對象就是語言本身。哲學家給我們一個**理性批判**
（ Critiques de la Raison ），我們今天也可以想像加一
個語言批判（ Critique du Langage ），那就是文學本
身。

56　　但是假如作品藉結構包含了多元的意義，它應具有
兩種不同的話語：因爲一方面我們可以在作品中看到一切意
義，或者是同一回事，看到一個空的而又能支撐一切的意
義；另一方面我們又能看到在眾多意義中的一個意義。這兩
種話語不應被混淆，因爲它們的對象不同，結果也不同。這

---

⑬　作家對語言的調查：這一論題曾被 Marthe Robert 在有關卡夫卡
的著作中提出和研究過［特別是在《卡夫卡》（ *Kafka* ）中，Galli-
mard,《Bibliothèque idéale》, 1960 年］。

種普通話語的對象，不是這個意義，而是著作的意義的
多元性本身。我們可以建議建立**文學的科學**（science
de la littérature）或者書寫的科學；而另一種**文學批評**
（critique littéraire）則公開地、冒險地試圖給作品一
種特殊的意義，這種區別其實也不是妥善無缺的。意義
的賦予，既然可以是表達出來的，也可能是不表達出來
的，因此人們就把作品的**閱讀**（lecture）與對作品的**評
論**（critique）分開。前者是直接的，後者則是通過語
言的中介的，那就是所謂批評的書寫。**科學、評論與閱
讀**這三種言語都需要我們去探討，才能環繞著作品編織
一個語言的冠冕。

文學科學化

　　我們有文學史，但沒有文學科學，因為，無疑地，
我們還未能充分認識文學**對象**的本質，它是一個書寫對
象。假如我們承認作品是由書寫所構成（而由此得到結
論），**某種**文學科學是可能成立的。文學科學的目的
（假如有一天它能存在的話），不能不以一種意義加諸

作品，並以此爲理由，排除其他的意義。那樣，它就會
損害自己的名譽（正如它至今所處的境況一樣），它不
可能是一種有關內容的科學（只有最嚴謹的歷史科學才
可能這樣），而是一種關於內容的**狀況**的科學，也就是
形式的科學。它感興趣的，是由作品產生的生成意義，
也可以說是**可生成**（engendrables）意義的變異。它不
詮釋象徵，而只是指出象徵的多方面功能。總而言之，
它的對象並非作品的實義，相反地，是負載著一切的虛
義。

　　文學科學的模式，顯然是屬於語言學類型的。因爲
語言學家不可能掌握語言的所有句子，所以他們就建立
了一個**假設的描寫模式**（modèle hypothétique de des-
cription），從此，他們就能解釋無限句子的生成過程
⑭。無論需做多大的修正，我們沒有理由拒絕嘗試把這
一方法運用到文學作品的分析中來。這些作品本身十分
類似於無數的「文句」，它們是通過某些轉換規律而由
象徵的一般語言衍生出來的，而這些轉換規律，又是以更爲
一般的方式，由關係到描寫的某種有意義的邏輯而形成的。

58

⑭　我自然想到喬姆斯基的作品和轉換語法的主張。

　　換句話説，語言學可以把一個生成的模式給予文學，這模式適用於一切科學的原則。因爲科學就在於支配某些規律，去解釋某些後果。因而文學科學的目的，不是爲了説明某一意義應該或曾被接納（再説這是歷史學家份内的事），而是要説明某一意義爲什麼可能**被接納**（acceptable），不是依據字面的語文學規律，而是根據象徵的語言學規律進行説明。我們在這兒發現，在話語科學的層面上，當前語言學的任務是描寫句子的**合乎語法性**（grammaticalité）而不描寫句子的意義。同樣，我們要努力描寫的是作品的**可接受性**（acceptabilité），而不是它的意義。我們不把所有可能的意義分門別類，排列爲一個可變的次序，而是追尋一個極廣泛「有效的」（opérante）布局（因爲它能使作品產生），由作家擴大到社會。跟洪堡特（Humboldt）(4)和喬姆斯基（Chomsky）所假設的**語言能力**（faculté de langage）相對應，也可能有一種**文學能力**（faculté de littérature），一種言語的「能」。這種「能」與「天才」無關，因爲它不是靠個人的靈感或意志，而

譯註(4)　洪堡特（1767～1835），德國語言學家。

是由與作者毫無關係的一系列規律的積聚而形成的。這
不是繆思（Muse）的神秘聲音給作家提示的形象、意
59　念或詩句，這是象徵的重要邏輯，正是這些重要的虛形
式，使說話和操作成爲可能。

　　我們可以想像，當我們談論到在文學作品中我們愛好或
相信愛好的東西時，犧牲的經常就是**作家本人**。可是科學
怎麼能**單一**談作者呢？文學科學只能跟文學著作聯繫，
儘管它打上了神話的印記，但它並非神話⑮。我們一般
傾向於相信，至少時至今日，相信作家可以宣稱自己作
品的意義分辨，而且肯定他本人所說的意義是合法的，
所以會使批評家無理的去向已故作家審問有關他的生
平、寫作動機，以便肯定其作品的涵義。人們願意不惜
任何代價去讓死者或他的代替物，比如他的時代、作品
的體裁和詞彙去發言，簡而言之，作者生前的所有當代
作品，即是藉由已故作家在創作上的權利所握有的一切
形跡。人們甚至要我們等待作家過世以後才去「客觀

⑮　「神話是一種言語，它似乎沒有真正的發出者，但卻要保證內容
　　和願意承擔意義，所以令人迷惑。」[L. Sebag，〈神話：代碼與
　　信息〉（Le Mythe: Code et Message），《現代》（ Temps
　　modernes ） 1965 年 3 月]。

地」處理他的作品，真是奇怪的倒置！只有等到作品變成神話的時候，我們才應該把它做爲確切的事實看待。

作家的去世還有另一種重要性：它使作者的署名虛化，作品變成神話。用軼事的真實去印證象徵的真實⑯是徒勞無功的。羣眾的感情對此並不陌生：觀眾是去看「拉辛」而不是去看「拉辛的一部作品」，猶如去看「西部片」一樣，就像在一個星期的某一時刻到一個巨大的神話中去隨心所欲地尋找些養料；觀眾並不是看《菲德娥》（*Phèdre*）一劇，而是去看劇中的「貝爾瑪」（Berma），正如觀眾在《伊底帕斯》（*Oedipe*）和《安蒂岡》（*Antigone*）劇中看到佛洛依德、賀德林（Hölderlin）和齊克果（Kierkegaard）一樣⑸。我們是抓到了真實，因爲我們拒絕以死者來證實生者。我們使作品擺脫了去尋回作者寫作動機的限制，

---

⑯　「對個人榮辱的判定在身後比在生前公允，因為只有在死後他才能得到充分的顯示……」〔卡夫卡：《鄉村婚禮的準備》（*Préparatifs de noce à la campagne*），Gallimard，1957年，第366頁〕。

譯註(5)　《菲德娥》：拉辛最著名的劇作之一。
　　　　貝爾瑪：演《菲德娥》一劇的著名演員。
　　　　賀德林（1770～1843）：浪漫主義時期的德國大詩人。
　　　　齊克果（1813～1855）：丹麥哲學家，對存在主義影響極大。

我們又找到了意義中神話的震憾。抹掉了作家的署名，
作家的去世就決定了作品的眞實，而這個眞實卻是一個
謎。無疑地，我們不能把「文明」的作品當神話——按照
人種學上的意義——去處理。但訊息的不同內容比作者
的不同署名更爲重要：作品是書寫的。它使意義受到一
定的限制，這是口頭神話所不能理解的。我們面對的是
一種書寫神話學，它的對象並不是**決定了**的作品，也就
是說附屬於一個不變的過程，來源於某一個單獨的人（即
作者）的，而是**通過**一種特別的神秘的書寫作品，人性
61 （humanité）藉此嘗試去表達意義，也就是它的欲求。

人們應該同意，將文學科學的對象做一番重新的分
配。作者與作品不過是分析的起點，分析的終極目的應
該是語言。我們不可能建立一種但丁（Dante）、莎士
比亞或拉辛的科學，只能有一種關於話語的科學。根據
所要探索的象徵，這門科學可分爲兩大領域，第一個領
域包括小於句子的各種符號，比如舊的轉意、各種內涵
現象和各種「不規則語義學」（anomalies sémantiques）⑰
等等，總之一切文學語言特徵的總和；第二個領域是

---

⑰ T. Todorov：〈不規則語義學〉（Les anomalies sémantiques），
發表於《語言活動》（*Langages*）雜誌。

指大於句子的符號，也就是話語部份，此中包括敘事結
構、詩章和議論文章等等⑱。話語的大小單位明顯地是
出於一個整體關係之中（正如音位與詞、詞與句的關係 62
一樣）。但這些單位的構成是獨立於描寫層次上的。利用這
個方法，文學的本文可供**肯定**的分析，但這些分析會明顯
地在方法所及的範圍外留下一堆巨大的殘渣。這些殘渣
相當於我們今天所公認為作品中不可少的東西（個人的
天分、藝術技巧、人本思想），除非我們對神話的真實
還能重新提起興趣與愛好。

這門新興的文學科學所具有的客觀性並非建立於直
接的作品上（這是屬於文學史或語文學的範圍的），而
是建立在作品的可理解性上，一如音位學不須反對語音
學的經驗實證即取得了一種新的語音意義的客觀性（不

---

⑱ 故事結構分析是高等實用學校整體通訊研究中心現下基本研究對
象（根據 V. Propp 與李維—史陀）——關於詩學的信息：見雅可
布遜：《普通語言學論文集》（ *Essais de Linguistique générale*)，
Minuit， 1963，第 2 章和 Nicolas Ruwet：〈詩歌的結構分析〉
（ *L'analyse structurale de la poésie*)［《語言學》(2)（ *Linguistics
2*)， 1963 年 11 月］。同時可參看李維—史陀和雅可布遜的
〈Charles Baudelaire 的貓〉［《人》（ *l'Homme*)（ Ⅱ)， 1962 年 2
月］及 Jean Cohen 的《詩歌語言的結構》（ *Structure du langage
poétique*)（ Flammarion, 1966)。

只限於其物質的聲音）。同樣，我們可以有一個象徵的
客觀性，它不同於字面意義的客觀性。對象所提供的是
實體限制，而非意義的規律。作品的「語法」並非寫成
作品的言語語法，而新科學的客觀性所依靠的是後者而
非前者。文學科學感興趣的並非作品的存在與否，而是
作品在今天或未來會被如何理解，其可理解性將是它的
「客觀性」的源泉。

　　所以我們應擺脫這種意念：即認爲文學科學能告訴
我們作品的確切意義。它不**賦予**（donnera）、更不能
找到（retrouvera）任何意義，而只述說，按照什麼邏
輯來説，意義是由人類象徵的邏輯以可**接受**方式而生成
的，就如法語的句子被法國人的「語感」所**接受**一樣。
在我們有可能建立話語的語言學之前，當然還有一段很
長 的 路 要 走。這種話語語言學（linguistique du
discours）是一個真正的文學科學，它與文學對象的語
言性質是相符的。因爲就算語言學可幫助我們，但它也
不能單獨去解決，這些新對象所提出的，是關於話語部
分和雙重意義的問題。它特別需要歷史的協助，歷史會
告訴我們第二種符碼（比如修辭符碼）的壽命（通常是
很長的）。它也需要人類學的輔助，人類學允許藉著不

63

斷的比較和整合，來描寫能指（signifiants）的普通邏輯。

批　評

批評並非科學；科學是探索意義的，批評則是產生意義的。批評如人們所說，在科學與閱讀之間佔有一個中介地位，它給予閱讀的純言語一種語言，又給予形成作品、探索科學的神秘語言一種言語（雖然這只是眾多的言語之一）。

批評與作品的關係，就如同內容與形式的關係一樣。批評不能企圖「翻譯」（traduire）作品，尤其是不可能翻譯得清晰，因為沒有什麼比作品本身更清晰了。批評所能做的，是在通過形式——即作品，演繹意義時「孕育」（engendrer）出某種意義。假設批評者讀到的是「Minos和Pasiphaé的女兒」(6)，他的作用並不是去建立有關《菲

64

譯註(6)　菲德娥是 Minos 和 Pasiphasé 的女兒，在神話中是善與惡的矛盾結合。

德娥》的一切（有關這點，語文學家已做得很好了），
而是根據隨後我們就要講到的某些邏輯要求，構思一個
意義網：在此中，地府與太陽等主題佔據著它們的位
置。批評者把多重意義重疊起來，他讓第二種語言飄蕩
於作品的第一種語言之上，雙重（dédouble）批評的意
思就是說使多種符號協調一致。總之，它涉及一種變形
影像，當然，一方面作品並非一純粹的反照（作品並不
像蘋果或箱子那樣是反射的對象），另一方面變形影像
本身是一種屈從於視角的**限制轉換**：一切反省過的都得
全部轉化，轉化有某些規律要遵循，而且永遠向著同一
方向轉化，這就是批評的三大限制。

65　　批評者不能「**信口雌黃**」（n'importe quoi）⑲。
控制他的意圖並非害怕精神上的「**極度興奮**」（délirer），
首先是因為他讓別人去負起斷定理性與非理性的卑微任務，
即使在這兩者的區分也引起問題的年代也是這樣⑳，再者，

---

⑲　比卡對新批評的指控，同前引書，第 66 頁。
⑳　是否應提醒一下：瘋顛有一段歷史——而這段歷史還沒有結束？
　　（Michel Foucault：《瘋顛與無理性》（ *Folie et Déraison* ），《**古
　　典時期的瘋狂史**》（ *Histoire de la Folie à l'âge classique* ），
　　Plon，1961 年）。

「極度興奮」的權利至少已從羅泰蒙（Lautréamont）
⑺起被文學征服了，批評者只要根據詩意的動機（只要
批評稍微聲明一下）便完全可以變得「極度興奮」，可
能就是明天的真實：泰恩在柏瓦洛（Boileau）眼中，
卜藍（Georges Blin）在布勻逖（Brunetière）眼中豈
非顯得「發狂」（délirant）嗎？⑻不，假如批評者要
說些什麼（非胡言亂語），他就是把一種有意義的功能
加於言語（包括作者和本人的言語），其結果是，批評
者使作品引起的變形（對此任何人也沒有能力避免）受
到意義形式的限制：我們不能隨意捏造意義（如你有懷
疑，大可試試），對批評的審核結論並非來自作品的意
義。

　　批評的第一個制約就是把作品中的一切都看成有意
義的。一部語法如果不能解釋**所有的**句子，就不是寫得
很好的語法；一個意義的體系如果不能把**所有的**言語都

譯註⑺　羅泰蒙（1846～1870），法國作家，他批評語言的清明與運
　　　　　用下意識的困擾，使他成了 20 世紀文學革命的前驅。
譯註⑻　柏瓦洛（1636～1711），法國詩人、文學理論家。
　　　　　卜藍，法國當代文評家。
　　　　　布勻逖（1849～1906），法國文學批評家。

排列在可理解的位置上，那就是一個不完整的系統，只
要有一個特徵是多餘的，描述便不合理想。這個語言學
者所熟識的**窮盡性**（exhaustivité）規律，不是人們想
要強加於評論者的那種統計控制㉑，而是別有意義的。一
個固執的意見，再一次來自於所謂物理科學的模式，提
示批評者只能抓住那些常見的、重複的成分，否則他便
被指斥為**過分地概括**（généralisations abusives）和
「**反常的推論**」（extrapolations aberrantes）。人們
會對他說，不能把在拉辛的兩三個悲劇中出現的情境視
為「普遍」（générales）的情境。我們應該再一次提
到㉒，意義在結構上並非由重複，而是由區別所產生
的，致使一個罕有的詞語一旦在一個排斥或相關的體系
中被發現，那麼它跟一個常見的詞語同樣有意義，比如
在法語中"baobab"（猴麵包樹）一詞的意義並不比
"ami"（朋友）一詞更多或更少。能指單位（unités

㉑　比卡，同前引書，第 64 頁。
㉒　參看巴特〈關於李維史陀的兩部作品：社會學和社會邏輯學〉（A
　　propos de deux ouvrages de Claude Lévi–Strauss: Sociologie et
　　Socio–logique）[《社會科學訊息》（*Informations sur les Sciences*
　　sociales），聯合國教科文，1962 年，Ⅰ，4，第 116 頁]。

signifiantes）的分析是有作用的，語言學中有一個部門就是研究這個問題的。但所澄清的是**訊息**（information），而不是意義（signification），由批評的角度看，它只能引導到末路上去。因爲人們一旦開始根據出現的頻率來決定一個標記的作用，或者以此來決定一個特徵的確切程度，那麼就要有方法去決定頻率的高低：那麼到底要依據多少部戲劇才有權去「概括」（généraliser）拉辛的情境呢？五部、六部，還是十部？是否要越過平均數才能使特徵顯現、使意義產生？那麼，應怎樣去處理罕見的詞語呢？是不是以「例外」（exceptions）或者「偏離」（écarts）的婉轉名義，把它們排除出去呢？其實語義學可以避免很多的不合邏輯性，因爲「**概括**」並不是量（由出現頻率歸納特徵的真實）而是質（把所有的詞語，哪怕是罕見的，都納入一個關係總體中去）的操作。當然，單是這樣，一個形像不能產生想像㉓。但想像不能缺少這個形像，無論它是如何的脆弱、單薄，但卻不可毀滅。批評語言中的「**概括**」與關係的廣度有關，這種關係是標記的一部分。一個詞語可能只在整個作品中出現

67

㉓　比卡，同前引書，第 43 頁。

一次，但藉助於一定數量的轉換，可以確定其爲具有結構功能的事實，它可以「**無處不在**」（partout）、「**無時不在**」（toujours）㉔。

這些轉換也有它們的制約：那就是象徵邏輯的制約。人們把新批評的「極度興奮」與「**科學思想的基本規律或只是單純的『清晰可辨』**」對立起來㉕，這是愚昧的。能指是有它自己的邏輯的，當然人們對它的認識有限，且不容易知道它是屬於哪種「知識」（connaissance）範圍的，但至少是可以接近的，一如精神分析學與結構學所應用的那樣。人們不能隨便談論象徵，至少要有些模式——那只是臨時性質的——可用來解釋象徵鎖鏈是根據哪些手續建立起來的。這些模式可以避免舊批評家在看到把窒息與毒藥、冰與火連在一起時感到震驚，這本身也是很令人驚訝的㉖。這些轉換的形式已被精神分析與修辭學同時闡明㉗；例

㉔ 比卡，同前引書，第 19 頁。

㉕ 比卡，同前引書，第 58 頁。

㉖ 比卡，同前引書，第 15、23 頁。

㉗ 參看 E. Benveniste 的〈關於佛洛依德所發現的語言功能的幾點看法〉（Remarques sur la fonction du langage dans la découverte freudienne）[《精神分析學》（La Psychanalyse），No.1 1956 年，第 3～39 頁]。

如，狹義的替代（暗喻）、遺漏（省略）、壓縮（同音或同形異義）、換位（換喻）、否定（反用）。因而批評者所要尋找的有規律的而不是偶然的轉換（如馬拉美作品中的**鳥、飛翔、花、煙火、扇子、蝴蝶、女舞者**）㉘，它們可以相距很遠，但仍有合法的關聯〔例如**靜靜的大河**（le grand fleuve clame) 和**秋樹**（l'arbre auto　69
mnal）〕，以致作品遠非以一種「極度興奮」的方式去閱讀的，而是用一種越來越寬廣的結合方法去深入理解的。這些聯繫是容易建立的嗎？非也，看來不會比詩本身更容易。

　　書本自成一個世界。批評者在書本中所感受到言語世界一如作家在現實生活中感受的一樣，正是在這一點上產生了批評的第三個制約。與作家相同，批評家賦予作品的變形影像也總是有方向性的。它應該永遠向著同一方向行進。這個方向是什麼呢？是人們令批評者頭痛的「主觀性」嗎？人們通常所說「主觀性」批評，是指批評者根本不理會**客體**，而完全依賴**主體**；（為了更有力的攻擊），人們假定了這種批評只是個人感情的混亂、瞎說的表達。我們大可這樣反辯：一個系統化的，也就是所謂**有文化敎養的**

㉘　李沙爾，同前引書，第 304 頁以下。

（cultiveé）（源於文化的）主觀性，雖然受來自作品
象徵的限制，但它或許比一個沒有文化教養的、盲目
的、如同躲藏在本性之後似的閃躲在字面背後的客觀性
更有機會接近文學的客體，但其實問題並不完全在此：
批評不是科學，在批評中不須把客體與主體對立起來；
處於對立地位的，應該是謂項（prédicat）與主體。我
70　們可以以另一種方式表示，批評面對的對象並不是作
品，而是它本身的語言。批評與語言有什麼關係呢？應該從
這個方面去探索──怎樣給批評的「主觀性」下定義。

　　古典批評家很天真地相信主體是「實」（plein）的，而
主體與語言的關係就是內容與表達形式的關係，但藉著象徵
的言語，似乎使人體確立另一相反的信念：主體並不是一個
個別的實體，人們可隨意撤離，決定從言語活動中排除與否
（根據所選擇的文學「體裁」），而在一個虛無的周遭，作
家編織一個變化無窮的言語（納入一個轉換鎖鏈中），藉此
使**不說謊**（qui ne ment pas）的書寫所表明的，不是主
體內部的屬性，而是它的虛無（absence）㉙。語言並

㉙　這可以看作是拉康博士在高等實用學校研討班所講授的內容的一
　　個被歪曲了的反響。

不是主體的謂項，具有不可表達性，或者用來表達別的
事物，它就是主體本身⑳。我以為（我相信我不是唯一
這樣想的人）文學的定義正是如此：假如只是經由「形
象」（images）去表達同樣實在的主體或客體（如檸
檬的功用一樣），那麼文學還有什麼價值呢？只要有違背良
心的言語就足夠了。象徵的重要性是它不懈地表明我是**我的
無**（rien du je）。批評家把它的語言加在作者的語言
之中，把他的象徵加到作品中去，他並不為表達而去
「歪曲」（déforme）客體，他並不以此做為自己的謂
項。他不斷把符號扯斷、變化，然後再重建著作本身的
符號。訊息被無窮地反篩著，這並非某種「主觀性」的
東西，而是主體與語言的融合，因而批評和作品永遠會
這樣宣稱：**我就是文學**。它們齊聲唱和，正好說明文學
向來只是主體的虛無。

　　當然，批評是一種有深度的閱讀〔或可更進一步：
一種定型的閱讀（profilée）〕，能在作品中發現某種可

71

---

⑳　比卡說：「**主體就是無從表達。**」（Il n'est de subjectif que
l'inexprimable，同前引書，第 13 頁）。這就把主體與語言的關
係處理得太草率了，比卡之外的其他「思想家」（penseurs）把
這個問題看得特別困難。

理解性，在這方面，它確實是在解碼，並具有一種詮釋的性質。可是，它所揭露的不可能是所指（因這所指不停地消退為主體的虛無），而只是一些象徵的鎖鏈，一些關係的同系現象（homologies）。它真正給作品的「意義」，最終只是構成作品的一堆花團錦簇的象徵。當批評家從馬拉美的鳥和扇子中抽出一個共通的「意義」，即一種**往覆來回**（aller-et-retour）和**潛在性**（virtuel）時㉛，他並未指出形象最終的真實，而只揭示一個新的、本身也懸而未決的形象。批評並非翻譯，而只是一種迂迴的說法，它不能自以為找到作品的「實質」（fond），因為這實質就是主體本身，也就是說一個虛無。一切隱喻都是無實質的符號，大量的象徵過程所表示的，正是這種遠離所指的東西：批評家只能延續而不能削減作品的隱喻。再者，假如作品中還有一個「藏匿」（enfoui）或「客觀的」存在的所指，那麼，象徵只是一種婉轉的措辭，文學只是一種掩飾，而批評就只是一種語文學。把作品闡釋得通體透明是無用的，因為如果這樣，**隨即**就沒有什麼好說了，而作品的功能也只是封住了讀者的嘴。但在作品

72

㉛　李沙爾，同上引著作，Ⅲ、Ⅵ。

中找尋它要說而未說的，爲它假設一個最終的秘密，那是可行的。但這個秘密一旦被揭示，也就再無可復加了：因爲無論人們怎樣議論，作品仍**一如雛初**，語言方面、主體方面、虛無方面，都是一樣。

批評話語的標準就是它的**適當性**（justesse），如音樂一般，一個和諧的音符並不一定就是一個準確無誤的音符，樂曲的「真實」（vraie）歸根究底，取決於它的適當性，因爲它的適當性是有齊唱或和聲構成的。批評也不例外，要保持真實，就得適當。要嘗試根據「**確切的心靈演出**」㉜自己的語言，重建作品的象徵情狀。說實在的，否則它便不能「尊重」作品了。在兩種情況下，象徵不同程度地消失了一半。第一種情況我們已提到過，那就是否定象徵，把作品有意的輪廓化爲平淡無奇的虛假的字面意義，從而把作品封閉在一個重言式的死胡同中。第二種情況則與此正好相反，它強調要科學地解釋象徵，一方面明言作品可解碼（即承認作品是象徵的），但另一方面這種解碼所採行的又是一種本

73

㉜ 馬拉美：〈拋骰子從來不排除偶然〉（Un coup de dés jamais n'abolira le hasard）的前言，（《全集》，Pléiade，第 455 頁）。

身也是字面的、淺薄的、沒有蘊涵的言語，企圖以此阻
止作品的無窮的隱喻，想在這阻止過程中獲得作品的
「真實」（vérité）：旨在進行科學的（社會學的或精
神分析學的）象徵批評就屬於這種類型。正是在作品方
面與批評方面，語言的任意消失使得象徵也消失了。有
意削減象徵與只看到字面意義一樣，也是一種極端。**我
們應讓象徵去尋找象徵**，讓一種語言去充分表達另一種
語言：這樣最終才能尊重作品的字面意義。這樣拐彎抹
角並不是徒勞無功的，它使批評回歸到文學，它可抵抗
一種雙重的威脅：談論作品其實就是傾向於空言（瞎說
也好，沉默也好），或在一種物化的言語裡，最大限度在字
面意義方面，使得自信已找到了的所指動彈不得。在批評的
領域裡，只有批評者對作品的「詮釋」與他對自己的言語一
樣負責時，才可能會有準確的言語。

面對文學科學，批評雖然有所管窺，但仍是非常無能
的，因為它不能像利用一件東西或工具那樣去支配語言。**它
不知道對文學科學而言應堅持什麼**，雖然人們把這種科學
只看成純綷的「陳述」（exposante）（而非解釋），
但它仍覺得與科學有距離。批評者所陳述的，只是語言
本身而非它的對象，但這距離並非完全無用，它剛好使

批評去補充科學的不足，我們可概而言之曰：「**反諷**」（l'ironie）。反諷並不是別的什麼東西，而只是由語　75
言對語言所提出的問題㉝。我們習慣給象徵一個宗教的或
詩意的視野，使我們看不見象徵的反諷性，這是語言的
外表的、公開的誇張，使語言成為問題的一種方法，面
對伏爾泰貧乏的反譏——一個太自信、太自我陶醉的言
語產物——我們可想像另一種反譏，這兒沒有更好的稱
謂，就把它名為**巴洛克**（baroque）吧。因為它玩弄形
式而非注重人物，因為它使言語開展而非減縮㉞。為什
麼這種反譏在批評上被禁用呢？當科學與語言的地位未
確定前，或許它就是被遺留下來唯一的、最嚴肅的言

㉝　如果說在批評家與小說家之間存在著某種關係的話，批評的諷刺
　　對做為創作對象的語言本身與小說家的諷刺與幽默，基本上是沒
　　有多大分別的。根據 Lukacs, René Girard 和 L. Goldmann 的看
　　法，這種幽默留下了小說家如何超越人物心理的印記［參看 L.
　　Goldmann：〈小說的社會學問題導言〉（ Introduction aux prob-
　　lèmes d'une sociologie du roman ）《社會學研究所雜誌》（ Revue
　　de l'Institut de Sociologie ）， Bruxelles, 1963, 2, 第 229 頁］。
　　——不用說這諷刺（或自嘲）從來不為新批評的敵對者所察覺。
㉞　貢哥拉文體（gongorisme），這個詞歷來的意思總是含有反思的因
　　素，通過語調可有許多變化，由演說到單純的戲謔。過分誇大的
　　形象都含有一種對於語言的反思。所以文章的嚴肅性能被感受
　　到。［參看 Severo Sarduy：〈關於貢哥拉〉（Sur Góngora）， Tel
　　Quel］。

語，而今天的情況似乎就是如此。反譏就是批評舉手可
及的方便法門：不是如卡夫卡所說的那樣去觀看真實，
而是去實踐真實㉟。如此我們便有權向批評家要求：**不
是要你讓我們相信你說的話，而是要你讓我們相信你要
說這些話的決心。**

閱　讀

76　　還有一個最後的幻象要打破；批評家不能代替讀
者。就算他是如何值得被尊敬，假如他自以爲可以毛遂自薦
——或甚至被邀請——去爲別人的閱讀代言，假如他自以爲
自己只不過是一個讀者，藉著他的學識和判斷能力，他是其
他讀者感受的委託者，總之，是代表了羣眾對作品的某種權
利，這些都是徒勞無功的。爲什麼呢？因爲就算我們承認批
評者是一個寫作的讀者，這也只是說明在他前進的路上會遇
到一個令人生畏的中介：書寫。

㉟　「不是人人都能看見真實，但所有人都可能看到……」（卡夫
　　卡）。Marthe Robert 所引，見前引書，第 80 頁。

　　寫作其實只是想把（書本）世界拆解又再把它重建的某種方法。我們可回想一下，在中世紀是如何按習慣深入而仔細地去調整書本（上古的寶藏）和負責以一種新語言重建書本（絕對尊重）的人的關係的。今天我們只有歷史家和批評家（有人甚至不適當地想說服我們把二者合併爲一）。但中世紀卻就書本的問題建立了四種不同的職務：**抄寫者**（scriptor）（一字不加地抄寫），**編纂者**（compilator）（不加任何己見），**評論者**（commentator)（只爲加強可理解性而加上己見），最後是**詮釋者**（auctor）（只根據權威說法加上己見）。這個系統的唯一目的，顯然是爲了「忠實」於古籍，也即眾所公認的唯一「書」〔可想像中世紀對亞理斯多德或波斯（Priscien）⑼的「畢恭畢敬」〕。可是這個系統卻產生了對古代一種理解，這種「理解」被現代派羣起指責，又被我們「客觀」的批評家認爲是完全「極度興奮」的理解。其實批評的念頭應自**編纂者**開始的：不必給本文加上己見使其「走樣」（déformer），只須引述，亦即剪接就可，一個新的可理解性自然而生：這可

77

譯註⑼　波斯：6 世紀拉丁文文學家。

理解性或多或少是可被接納的，但又不是法定的，批評
家只是個**評論者**，他就是不折不扣的評論者（這已足以
讓他大顯身手了）：因爲一方面他是一個傳遞者，他傳
送歷史材料〔通常是很需要的，因爲最終説來，拉辛不
是有賴普雷（ Georges Poulet ）嗎？魏倫（ Verlaine ）
不是要感謝李沙爾（ Jean-Pierre Richard ）嗎㊱？〕另
一方面他也是一個操作者，他把作品的因素重新分配，
以便增加某種可理解性，亦即某種距離。

78　　　批評者和讀者間的另一種隔離是：人們都不知道，
一個讀者怎樣和書本**對話**，但批評者卻一定要有一種
「語調」（ ton ），而這語調，總之是肯定的。批評者
可以私下懷疑和忍受百般折磨，由最不可察覺之點到最
惡意的審查，但最後還是要向一個充實的書寫、即所謂
肯定的語調求救。假裝巧避制度是可笑的，而這個制度
是藉著謙恭、懷疑或謹慎的異議而構成整個書寫的。沒

㊱　賴普雷：〈關於拉辛的時間的註釋〉（ Notes sur le temps
racinien ）「《關於人類時間的研究》（ *Etudes sur le temps
humain* ）， Plon, 1950]——李沙爾：〈魏倫的平淡無奇〉
（ Fadeur de Verlaine ）[《詩歌和深度》（ *Poésie et Profond-
eur* ）， Seuil, 1955]。

有例外，這就是符碼化的符號，跟別的符號一樣，書寫就是**述說**（déclare），而這正是它之所以爲書寫的特質。它們不可能提供什麼保障，批評怎可以問心無愧地去質問、祈願或置疑？因爲它就是書寫，而書寫正好就是要碰上可避免、交替出現真僞問題的危險書寫權威，如果能找到的話，就是一種表態，而非一種肯定或者滿足：這只是一個行動，一個在書寫中保持著的小小行動。

　　這樣「接觸」（toucher）本文，不是靠視覺而是靠書寫，在批評與閱讀間挖了一條鴻溝，就如一切意義把能指與所指分隔在兩岸一樣，因爲由閱讀給予作品的意義，好像所指一樣，沒有任何人能知道，或許這意義做爲一種欲望是在語言符碼之外建立起來的。只有閱讀喜愛作品，與它建立一種欲望的關係。閱讀是對作品的欲求，是要融化於作品之中，是拒絕以作品本身的言語之外的任何其他的言語來重複作品的：只有評論才能產生純閱讀，要不就是仿作（比如說普魯斯特就是一個閱讀的愛好者與仿作者）。由閱讀到批評是欲望的轉移。欲求的不是作品，而是它自身的語言。但這也算是把作品轉移到書寫的欲求上，而作品也是由此脫穎而出的。這樣，言語繞著書本迴旋：閱

讀、寫作，一切文學都是這樣，從一個欲望轉移到另一
個。多少作家不是爲了被閱讀而寫作？多少批評家不是
爲了寫作而閱讀？他們使書本的兩個側面，符號的兩面
接近了：由此只得到一個同一的言語。批評只是這個過
程中的一瞬間，我們踏進去，它把我們帶向統一——也
就是書寫的真實。

索　引

桂冠新知叢書82

批評與眞實

著者——羅蘭·巴特

譯者——溫晉儀

校訂——徐志民·陳佳鴻

責任編輯——姜孝慈

出版——桂冠圖書股份有限公司

發行人——賴阿勝

登記證——局版臺業字第1166號

地址——臺北市新生南路三段96-4號

電話——2219-3338·2363-1407

傳眞——2218-2859·2218-2860

郵撥帳號——0104579-2

排版——友正電腦排版股份有限公司

印刷——海王印刷廠

初版一刷——1998年2月

◉本書如有破損、裝訂錯誤，請寄回調換。

ISBN 957-551-988-4

定價一新臺幣100元

《購書專線／(02) 2218-6492》

E-mail：laureate@ms10.hinet.net

國立中央圖書館出版品預行編目資料

批評與真實／羅蘭·巴特(Roland Barthes)著
；溫晉儀譯. --初版. --臺北市：桂冠，
1997[民86]
面；　　公分. --(桂冠新知叢書；82)
譯自：Critique et vérité
參考書目：面
含索引
ISBN　957-551-988-4(平裝)

1.巴特 (Barthes,Roland,1915-1980) —學
術思想—文學 2.文學—哲學，原理
876.29　　　　　　　　　　　　　86010055